唐宋傳奇

充滿傳奇色彩的故事

改寫＝管家琪
繪圖＝林傳宗

中國經典大家讀

【推薦序】

＝林文寶（台東大學人文學院院長）

「黃河的源頭」、「盤古開天」和「后羿射日」等，是與大自然有關的故事；「一年三節和元宵節」的由來，則是跟節日相關的故事；「清廉公正的包拯」、「公而忘私的大禹」和「神醫李時珍」等，都是歷史上知名的人物；「七兄弟」、「臘八粥」、「等請客」和「金華火腿」等，則與市井小民的生活息息相關。這樣的故事很多，有的於史有據，有的則屬稗官

野史，有的是民間傳說，不論如何，都充滿趣味，且蘊含許多先民的人生智慧，是值得好好閱讀的敘事故事。

這些過去記載在古籍裡的事蹟，常常掛在人們嘴上的故事，它是我們生活中共同的記憶，在全球化日漸普及的日子，曾幾何時，似乎已在慢慢的淡出我們的生活，一群人在榕樹下圍坐著老者聽故事的情景不再，電視上時常播出的古典名劇，例如《包公傳奇》，也多日不見。取而代之的是，外來文化的進入，新一代盲目的崇拜，造成強勁的「哈日風」吹起，波波的「韓流」來襲，西方文化更早影響了我們的生活，讓幾代以來的人忘了原有的東西。我們的生活因而充滿外來的話語或者術語，讓人人似乎都得了失語症，原來的那些共同記憶不見了。

在全球化的潮流裡，外來文化的進入，實難以避

免，也不可能阻擋，然而這並非說，我們只能消極的接受、盲目的迎合，而是可以有所選擇，採取截長補短的態度，讓我們的文化得以發揚和傳承。

這可以經由鼓勵閱讀來逐步恢復，而且要從小做起。

其實，閱讀的活動早在我們的社會中推行許久，只是閱讀有各種不同的目的：或為考試，或為充實自己，或為文化傳承；在功利主義的作祟下，有為了充實自己而閱讀，其理由當然可喜，偏偏許多是為了考試，從小養成，進而造成了許多偏差的觀念，上述的崇拜因此形成，傳承文化的目的當然就被拋之腦後了。

若為了傳承文化的目的，找回我們的共同記憶，書目的決定可是非常的重要。儘管可以閱讀的書籍很多，蘊含許多趣味和人生智慧的敘事故事，卻是非讀不可的對象，因為它們具有永恆性和民族性，能夠經歷千年百年的考驗和焠煉，是絕對不可割捨的文化基因和先民智慧。在我們傳統的敘事故事裡，不論是口傳、短篇或者長篇的，就有許多這樣的敘事智慧，有些已經成為某種典故，例如「等請客」的故事，乃來自「三叔公躺在棺材裡，等請客」這句話，意在諷刺那些動不動就等著別人請客的人。

我國向來重視人文教育，它是我國歷來教育的特質。這是一種人文的修養，講究做人的道理與方法：懂得如何做人，才是最高的知識；學如何做人才是最大學問，尤其在外風進入時更需要深化。為了讓國小高年級以上的學生能閱讀這些敘事智慧，幼獅文化公司改寫了這些傳統文學，編輯成這一套「典藏文學」系列，計有十八本。內容特別強調故事性，都是最有名的故事片段；讀者透過簡潔扼要的文字內容，不只

能提升閱讀文學的樂趣，還能在這些傳統文學裡浸泡，熟悉和了解這些故事的內涵，更能夠吸收到裡頭的精華，進而體悟到其中的人生智慧和哲理，於是乎所謂的文化傳承或者共同記憶，因此產生。

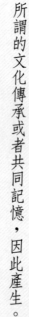

經典文學離我們並不遠

【總序】＝管家琪

中文是聯合國所定的五種官方語言之一，「漢語熱（也就是中文熱）」更已是一種全球性的熱潮。照理說我們都很幸運，生來就能掌握這麼重要、這麼美的一種文學。但是，所謂「掌握」，也僅僅是「會」的意思，可不一定保證就一定能學得好。想要學好中文，一定得大量的閱讀。

任何一種文字，任何一種語言，都不會只是一種單純的工具，它們所代表的是背後的文化，只有了解和熟悉了文化，才可能真正學得好。在這種情況之下，課外閱讀的重要性自然不言可喻。特別是對於經

典文學的閱讀。

經典文學不但是語文的基礎，也是精神文明的基礎。經典文學離我們並不遠，它們就存在於我們的生活之中。譬如我們現在所經常使用的成語和俗語，必定有一個典故，這些典故就都是在經典文學裡。我們可以非常肯定的説，只要是在中文的環境，經典文學將永不消失，只會歷久彌新。

「中國故事寶盒」(一共十二冊)自二〇〇三年九月出版以來，受到很好的回響，還有大陸簡體字版、馬來西亞版以及香港版等不同的版本，此番我們沿續廣受歡迎的「強調故事性」的風格，又挑選了六本同樣是故事性很強、又特別精采的中國古典文學，改寫成小朋友和青少年適讀的版本。希望小朋友和青少年朋友都會喜歡我們為你精心準備的這些精神食糧，並能從中獲得營養，既豐富你的精神生活，也提升你的語文能力。

目錄

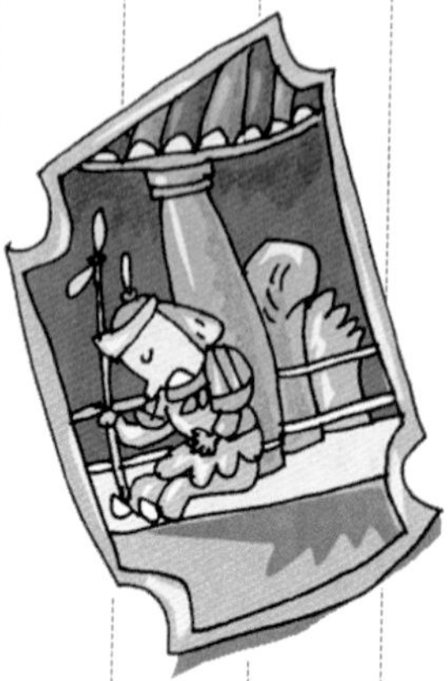

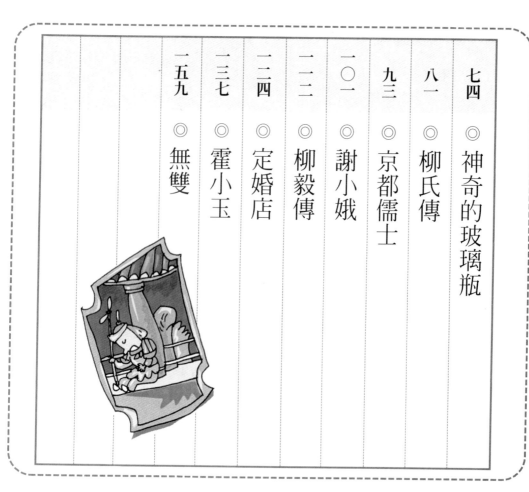

充滿傳奇色彩的唐宋傳奇

【前言】

管家琪

「傳奇」一詞，其實是一種文學體裁，一般是指在唐宋兩代所流行的一種比較成熟的文言短篇小說。

基本上，唐宋傳奇是在六朝小說的基礎上發展和演變而來，「情節」在其中占了相當重要的比重，在許多作品中，甚至可以說是全篇的中心；若以今天的現代語言來說，就是「特別強調故事性」、「故事性非常豐富」。

唐宋傳奇的題材相當多樣，有以史料為題材的，

如《長恨傳》（就是唐明皇和楊貴妃的故事）、《柳氏傳》等；有以俠士或俠義精神為題材的，如《謝小娥傳》、《紅線傳》、《無雙傳》等等；有以才子佳人之間悲歡離合為題材的，如《霍小玉傳》等；還有以佛道思想為題材的，有《枕中記》、《南柯太守傳》等等。

（《枕中記》也是成語「黃粱一夢」的典故，《南柯太守傳》則是成語「南柯一夢」的典故，兩篇作品都很有名，手法極其類似，作者都是李公佐，再加上「典藏文學」之《寓言——古人的智慧》中已收錄了〈南柯一夢〉的故事，所以在這本《唐宋傳奇》中，我們就只介紹《枕中記》的故事。）

唐宋傳奇普遍都有一定的時代背景。比方說，唐代是佛道二教的黃金時代，所以就有不少作品藉著一

些離奇的故事來象徵人生無常；又如，唐代中葉以後，藩鎮各據一方，老百姓在不堪其苦之中自然也會非常嚮往俠士和刻畫俠義精神的故事。

總之，唐宋傳奇幾乎篇篇都充滿傳奇色彩，是非常好看的古典短篇小說。

本書所改寫的都是唐代極具代表性的傳奇，許多人物甚至一直延續到宋代，譬如凌濛初《初刻拍案驚奇》中第十九卷〈李公佐巧解夢中言，謝小娥智擒船上盜〉就是取材自《謝小娥傳》。宋代以後的文言小說，實際上與唐代傳奇是一脈相傳的。

古鏡記

從前，在汾陰地方，有一個姓侯的讀書人，是天下少有的能人，王度一直很尊敬他，總是用對待老師那樣隆重的禮節來對他。

這一年——隋朝大業七年五月，王度從御史任上被罷官回到河東，正好趕上侯生病重，眼看就快不行了；侯生臨終之際，感念王度對自己一直那麼敬重，特別把一面珍藏許久的古鏡送給王度，並且告訴他，傳說黃帝當年曾經鑄造過十五面鏡子，這面古鏡應該是其中的第八面，是一個可以鎮邪的寶貝，只要把它帶在身邊，一切的妖魔鬼怪就都近不了他的身。

這面鏡子的直徑有八寸長，背面的鏡紐是個趴著的麒麟，圍著麒麟，順著東南西北地方向，畫著龍、鳳、虎和

龜。鏡子的外圈畫著八卦，八卦的外邊是十二個時辰，與時辰相對應的則是十二生肖。鏡子的邊緣還有二十四個字，看起來好像是隸書，但王度一點也不認得，後來查遍字典也查不到這些字；侯生告訴王度，這些是二十四節氣的象形字。

就外觀看來，這面古鏡確實頗爲不凡，而有了這面古鏡之後還不到一個月，王度就碰到一件不可思議的事。

當時，他正要回長安，走到長樂坡時，打算暫時住在一個朋友程雄的家裡。剛下車，王度順手拿出古鏡照了一下，想整理一下衣帽，沒想到一個丫鬟遠遠的看見古鏡，馬上「咕咚！」一聲跪在地上，朝著王度拚命磕頭，磕得額頭都流出血來，嘴裡還一直恐懼的哆嗦著：「我不敢了！我再也不敢了！」

王度嚇了一跳，覺得很奇怪，忙問主人程雄是怎麼回事？那個丫鬟是誰？

程雄說，這個丫鬟名叫鸚鵡，是大約兩個月前，隨著一個客人來的，當時鸚鵡正病得厲害，那個客人又趕著要到別的地方去辦事，就請求讓她暫時寄住在這裡，說好很快就會來接她，可是直到現在都還沒有來；程雄還說，他也不清楚鸚鵡究竟是什麼來歷。

王度聽了，疑心鸚鵡恐怕不是人類，而是妖精，便舉著古鏡朝她逼近。

鸚鵡渾身發抖，滿臉驚惶道：「請您饒命！別照了！我馬上現出原形就是了！」

「等一下，」王度用衣袖摀住古鏡，對鸚鵡說：「妳先說清楚到底是怎麼回事。」

鸚鵡朝王度拜了兩拜，幽幽的說：「我本來是華山山神廟前一棵大松樹下的千年老狐狸，變幻成人形，這便犯了死罪，受到山神的追捕，我只好一路逃到黃河、渭河之間的下邽……」

下邽有一個陳姓人家，主人陳思恭和妻子鄭氏看她一個人孤苦伶仃，很同情她，就收她做義女，鸚鵡在陳家度過了一段難得的快樂時光。後來，義父義母覺得她的年紀不小了，就把她嫁給一個同鄉的年輕人柴華。然而鸚鵡和柴華合不來，只好離家出走，往東邊逃去；一出韓城縣就被一個叫作李無傲的人給抓住，李無傲既粗魯又不講理，劫持著鸚鵡到處遊蕩，一晃就過了好幾年。兩個月前，李無傲帶著鸚鵡來到長樂坡，不知道爲什麼突然把她留在這兒，一個人悄悄走了，鸚鵡還以爲往後可以過著清靜的日子……

「沒想到會遇到您這面寶鏡，我的末日到了，」鸚鵡淚流滿面，神情悲悽的說：「可憐我從來不曾加害過人啊！」

王度對於鸚鵡的話有些存疑。「妳既然是一隻老狐狸，又會變幻爲人，哪有不加害於人的道理呢？」

「可是我可以對天發誓，我確實沒有加害過人啊，反而

倒是服侍過好幾個人！」

「那山神爲什麼要一直追捕妳呢？」

「我剛才已經說過，幻化爲人，本身就是一個死罪啊！儘管幻化爲人之後，其實我什麼壞事也沒做過！」

王度不禁有些同情鸚鵡，「那我就放了妳吧！」

鸚鵡慘然一笑道：「謝謝您這麼好心，不過一切都已經太遲了！我已經活不了多久了……但是，我只想懇求您先把鏡子裝進匣子裡，讓我先喝得酩酊大醉，再以人形的模樣而死，因爲我幻化爲人都已經這麼久了，實在是不想再看到自己變回原形的樣子。」

王度忽然又有些提防起來，「妳該不會是故意要騙我把鏡子裝進匣子裡，好乘機逃走吧？」

鸚鵡啼笑皆非道：「咦，您剛才不是才說要放了我，怎麼現在又怕我會乘機逃走呢？……放心吧，我既然已經被您的寶鏡照到了，就再也逃不掉了，我只希望能夠讓我

再多活一會兒，再多享受一下生命的歡樂吧！」

王度被她懇切的言詞所感動，果然立刻把寶鏡收起來，要求主人程雄爲鸚鵡擺了幾桌酒席，還把左右鄰居統統請來，大家痛痛快快的喝酒。

鸚鵡喝得大醉，揮動衣袖跳起舞來，還邊跳邊唱：「寶鏡，寶鏡！可憐你要了我的命啊！想想我的一生也眞夠坎坷，自從變幻爲人之後，竟跟了好幾個人，換了好幾個姓；不過，活著固然快樂，死了也不必悲傷，何必一直留戀不去，非要守在這裡呢？」

唱完之後，鸚鵡又向王度拜了兩拜，就在眾目睽睽之下，突然倒地變成老狐狸而死。大家都大吃一驚。

翌年——大業八年四月一日，發生了日蝕。當時王度正在御史衙門當官，白天閒來無事，躺在暖閣裡休息，明顯的感覺到天色正不尋常的逐漸暗下來。

「怎麼回事？」王度正在納悶，有人進來報告發生了日蝕。

王度起身整理衣服，拿出古鏡一瞧，意外發現古鏡竟然也一片昏暗，完全沒有平日的光彩。王度因此推論這面古鏡一定是在當初製作時，就很符合陰陽的奧妙，否則怎麼會一旦沒有了陽光，寶鏡便也失去了光澤呢？

不一會兒，當日蝕的現象一過，太陽一恢復原狀，寶鏡便也光亮如昔。

這一年的中秋節，王度有一個叫作薛俠的朋友，跑來很興奮的告訴王度，說他無意中得到了一把寶劍，每逢十五的夜晚，都會自然發光，光芒還可以照得好幾丈遠，今天正好是八月十五，便特地把寶劍帶來讓王度開開眼界。

王度接過寶劍仔細瞧瞧，這把寶劍長約四尺，劍體和劍柄是連在一起的，劍柄上龍鳳相盤，在左邊邊緣的花紋像火焰，右邊邊緣的花紋像水波，光彩耀眼，確實不凡。

王度便叫僕人把一個房間遮得嚴嚴實實的，連一點點

的光線都透不進去。到了晚上，王度便和薛俠一起進到那個房間裡。王度把寶鏡也帶來了，就放在自己座位的旁邊。沒想到才短短一會兒工夫，寶鏡就發出耀眼的光芒，把整個房間照亮得如同白晝，而薛俠的寶劍則一點兒光彩也沒有。

薛俠不敢置信，「怎麼會這樣？……請你先把寶鏡收起來，再試試看。」

果然，王度把寶鏡收起來以後，寶劍這才緩緩放出一些光芒，但也只能照出一、二尺遠，和以前的異象全然不同。

薛俠撫劍嘆息道：「難道天下寶貝，也會一物剋一物嗎？」

王度則更加體會到寶鏡的可貴，從此每逢十五月圓之夜，王度就喜歡帶著寶鏡來到密室，欣賞寶鏡放出的光芒，往往都可以照到數丈之遠。但是，有一次王度也偶然

發現，若是有一點月光從窗縫透進來，寶鏡就會失去了光彩。

王度心想，大概是因爲寶鏡不管再怎麼珍貴神奇，畢竟還是人間之物，無論如何都不可能與日月之光相比吧。

同年冬天，王度兼任著作郎這一個官職，奉皇帝之命編寫國史，要爲蘇綽作一篇傳記。

有一天，家裡有一個七十歲的老僕人看到王度正在起草蘇綽傳，忍不住悲從中來，流下了眼淚。王度知道這個老僕人以前是蘇綽府中的僕人，曾經讀過一些史書，也能寫寫文章，以爲是因爲看到自己在爲他的老主人作傳，才觸景傷情。結果一問之下，老僕人說了一件令人意想不到的事。

「您現在所擁有的那面寶鏡，其實從前是我老主人的啊！那是老主人一個河南的朋友送給他的，我的老主人一直很喜歡這面寶鏡，在他臨死的那一年，曾經卜了一個

卦，當時我就在他旁邊，老主人說，他知道自己活不長了，想知道這面寶鏡後來會落入什麼人的手裡；老主人算過之後告訴我，在他死後十幾年，他家就會失掉這面寶鏡，照老主人的推算，這面寶鏡會先到侯姓人家，後來又會到王姓人家，王姓人家以後，就算不出來了……今天我是再次想起老主人的話眞的靈驗了，所以非常感傷啊！」

王度感到非常意外，特地去尋找蘇綽的後人，證實蘇綽家確實曾經有過這麼一面鏡子，只是後來不知道到哪裡去了。老僕人說的話，一點兒也不假。

王度便特別在蘇綽傳中記載了這件事，還特別讚美他原來非常擅於占卜，卻從不誇耀自己這項特殊的本事。

又過了一年。大業九年秋天，王度到芮城兼任縣令，在縣衙門的大廳前面有一棵很大的棗樹，樹身周圍有好幾丈粗，也不知道有幾百年的歷史了。

王度剛上任，就有部屬來告訴他，必須趕快去祭拜那

棵大棗樹，否則恐怕馬上就會有災禍降臨。

「哪有這種事？」王度不以爲然道：「簡直是荒唐！」

「大人，您可千萬不要這麼說，」部屬一臉驚慌的言之鑿鑿道，「凡是來芮城做縣令的，都得去祭拜那棵棗樹……不瞞您說，聽說那棵棗樹裡有妖精，很厲害的……」

「那我就更不能去了，」王度說：「否則豈不是更加助長了妖精的氣焰嗎？」

王度不肯循例去祭拜棗樹，大家都很害怕，紛紛來給王度叩頭，苦苦哀求他無論如何還是要去拜一拜，免得惹禍上身。

拗不過他們如此堅持，王度只好勉爲其難的去了，卻暗中把寶鏡掛在樹上。

當天夜裡二更時分，王度聽見從大廳前傳來「噗通！」一聲巨響，活像有一記悶雷掉到了地上。王度急忙起身出去察看，只見外頭風狂雨驟，在黑漆漆的夜色中，有一道

道閃電圍著棗樹忽上忽下。王度什麼也看不清，心裡也頗爲恐懼，便趕緊退回室內，關緊房門。

外頭就這樣喧騰了一夜，直到破曉才安靜下來。王度推開房門一看，只見有一條很大的蛇——紫色的鱗片，紅色的尾巴，綠色的頭，白色的角，額上還有一個「王」字——躺在棗樹下面，身上帶著好幾處傷，已經死了。

大家這才明白，原來眞有妖怪在作怪，而這個妖怪又竟然是一個蛇精！

從此，芮城就恢復了平靜。

大業十年，王度的弟弟王績，被撤掉了六合縣丞的官丞，王度關心的詢問弟弟今後有什麼打算，王績輕鬆的說，想到處遊山玩水，了此一生。

王度非常反對，苦口婆心的拚命勸阻道：「現在眼看就要天下大亂了，到處都是土匪，你想到哪裡去呢？何況我們兄弟倆從來就沒有遠離過，如果你這一去，就眞的再也不回來，我怎麼受得了啊！」

說著說著，王度還傷心的流下了眼淚。

王績便安慰哥哥道：「我的主意已經拿定了，哥哥一向是明理的人，就請不要再爲難我了吧！再說，人生苦短，有如白駒過隙，不就應該順著自己的心意，去做自己想做的事，圖個痛快嗎？」

見弟弟的語氣如此堅定，王度知道是留不住他了，只好忍痛與弟弟話別。

臨分手之際，王績向哥哥提出一個要求，請哥哥把那面寶鏡送給他，讓寶鏡陪伴他去走天涯。

王度雖然向來十分珍愛這面古鏡，但卻更加友愛弟弟，所以毫不猶豫的一口答應，非常慷慨的就把鏡子送給了弟弟，希望這面神奇的古鏡能夠保護弟弟一路平安。

王績帶著古鏡拜別了哥哥，離開了家以後，一連三年多都毫無音訊，直到大業十三年六月份，才突然又回來

了。

久別重逢，兄弟倆的情緒都非常激動。在敘舊的時候，王績告訴哥哥，這三年多來，他去了不少地方，碰到了不少怪事，特別是不止一次碰到了各式各樣的妖魔鬼怪，多虧有這面古鏡，才能一次又一次的化險爲夷，還幫助了不少人。

王績告訴哥哥，不久前他在廬山認識了一個名叫蘇賓的隱士，蘇賓精通易經，知道王績身邊有這麼一面寶鏡之後便告訴他，天下任何一件神物，都不可能長久留在人間，現在天下大亂，在外面根本不能找到什麼可以安身立命的地方，不如趁這面寶鏡還在他身邊、能夠保護他的時候，趕快回家鄉去吧。王績聽了蘇賓的話，覺得蘇賓說得挺有道理，於是立刻北返，打算回鄉。

到了河北，有一天夜裡，王績做了一個夢，夢見寶鏡對他說：「我馬上就要離開人間了，您的哥哥一向都對我

非常禮遇，我想在離開人間之前，能夠和您哥哥道別一番，請您趕快帶著我回到長安去吧！」

王績把寶鏡交到哥哥的手上，如釋重負的說：「現在，我把它還給您了，我對它也總算有一個交代了，只是，我擔心恐怕連您也沒有辦法再保有這面寶鏡了。」

果然，僅僅只隔了一個多月，鏡匣子裡突然發出陣陣悲鳴，先是又細又遠，不一會兒聲音大了起來，竟有如龍吟虎嘯一般，好不懾人，過了許久才悠悠停止。

王度上前打開鏡匣一看，寶鏡已經無影無蹤了。

離魂記

清河郡人張鎰，因爲做官而舉家遷到衡州。

張鎰沒有兒子，只有兩個女兒，長女早亡，小女名叫倩娘，不僅容貌美麗，個性也很端莊賢淑，很得張鎰夫婦的寵愛。

張鎰還有一個外甥，名叫王宙，是太原府人，聰明伶俐，相貌也很俊秀，張鎰相當器重他。

王宙和倩娘青梅竹馬，兩小無猜，張鎰夫婦曾多次對王宙說：「等你們將來長大了，就把倩娘嫁給你！」但其實他們夫妻倆只是隨口說說，並沒有當眞，然而王宙和倩娘卻把這句話深深的記在心裡。兩人都滿心歡喜，對未來充滿期待。

隨著年齡漸長，王宙和倩娘的感情日深，甚至常常都

在睡夢中思慕對方；然而張鎰夫妻倆對這件事卻一無所知。

王宙和倩娘這對才子佳人都天眞的以爲，既然他們倆都已長大，都已到了適合婚嫁的年齡，兩人的好事應該也快了，沒想到有一天卻突然得知一個晴天霹靂的消息。

有一個高官人家來張鎰家中求婚，要求迎娶倩娘，張鎰認爲不管是對倩娘或是整個家庭來說，這都是一門很好的親事，便很高興的答應了。

得知這個消息之後，倩娘非常的著急和鬱悶，王宙的心裡更是氣惱，但礙於禮數，又不便去找舅舅、舅母理論。

過了幾日，王宙見大局已定，自己和倩娘的事是不可能有轉機了，便黯然神傷的決定要盡快離開這個傷心地。

他藉口調任官職，向舅舅張鎰請求要到京都去；張鎰不了解王宙心中的忿恨，以及對自己嚴重的不滿，還一個

勁兒的挽留他，後來見挽留不住，便備了厚禮送他上路。

王宙就這樣滿懷悲痛與憤慨的上了船，離開了衡州。船愈駛愈遠，王宙站在船頭，遙望衡州，想著倩娘，想著從前種種，想著有情人竟不能終成眷屬，心中眞是無限的酸楚與悵然。

當夜幕低垂的時候，小船已駛到山郭外好幾里了，王宙的心緒這才慢慢平復下來，但仍輾轉反側直到夜半都還沒能入睡。

就在這時，他突然聽到從岸上傳來清晰異常的腳步聲，又快又急，而且不一會兒竟然就來到了船上。王宙嚇了一跳，趕緊起身察看，這一看，眞是非同小可，來人竟然是倩娘！

王宙吃驚得幾乎說不出話來，結結巴巴的問道：「妳——是怎麼來的？」

倩娘仍在捂著胸口直喘氣，斷斷續續、十分吃力的

說：「就是這樣——一路趕來的啊——，我想——我想和你一起走——」

王宙低頭一看，倩娘竟然還是光著腳！顯然是因爲趕路趕得太急，而把鞋襪都跑丟了。

王宙一下子全明白了，一把就把倩娘擁入懷裡，什麼也不用多說了。

從這天夜裡開始，這對有情人就晝夜兼程的趕路，絲毫不敢在任何地方稍作停留。幾個月之後，他們終於來到距離衡州非常遙遠的蜀地，然後就在那兒安頓了下來。

王宙和倩娘婚後過得非常幸福美滿，還陸續生了兩個兒子。對倩娘來說，日子實在沒有什麼好挑剔的，只是有時仍會因想念父母和家鄉而有些感傷。

這樣過了五年，倩娘對父母和家鄉的思念日益加深。王宙不忍心看倩娘經常如此鬱鬱寡歡，便對倩娘說：「妳不要難過，我們回去吧。」

王宙心想，他們私奔轉眼也都已經五年了，如今又有了孩子，舅舅和舅母不管當初多麼的生氣，現在也該原諒他們了吧。

於是，兩人便一起千里迢迢的回到衡州。爲了避免倩娘與父母相見時太過激動，王宙要倩娘先在船上等候，打算自己先去向舅舅、舅母稟告，甚至先讓兩位老人家向自己發過脾氣之後，再回來接倩娘。

他忐忑不安的來到久違的張鎰家，登門求見。

令他相當意外的是，張鎰不但非常高興的接見他，還殷殷詢問他這幾年來過得如何，是住在什麼地方，怎麼一直都沒有消息。

「原來舅舅竟真的一點也不知道！」王宙充滿內疚的想著。

事到如今，他也只好硬著頭皮請舅舅原諒自己不告而娶，帶著倩娘私奔，當然他也不忘再三保證，這五年來兩

人的日子過得很不錯，還生了兩個兒子呢。

當王宙誠心誠意的向舅舅請罪的時候，張鎰卻只是一臉莫名其妙的看著他。

王宙一講完，張鎰就用責怪的口氣，不滿的說道：「我不明白你爲什麼要這樣胡說，倩娘明明已經臥病在床好幾年了啊！」

「什麼！這怎麼可能！倩娘明明是跟我一起走的啊！」

「不對，從你走的那一天開始，倩娘就病倒了，這五年來她一直躺在床上，從來就沒有清醒過！」

「怎麼可能！」王宙叫道：「倩娘現在明明就在船上啊！舅舅不信的話，就派人去看看吧！」

張鎰急忙派了一個家僕去察看。不一會兒，家僕滿臉驚慌的跑回來報告：「不得了！眞的是小姐啊！好端端的坐在船裡，還問我『父母大人好嗎？』而且那個小姐已經朝這裡來了！」

「怎麼可能？」張鎰大爲吃驚，「怎麼會有這種怪事！」

話剛說完，裡頭的丫鬟也急急忙忙的跑出來報告：「老爺！小姐醒了！小姐醒了！」

才過了幾秒鐘，又有一個丫鬟跑出來嚷嚷著：「老爺！小姐下床了，現在正在梳妝，好像完全好了，跟沒事似的，只是都不說話，都不理我們！」

張鎰困惑萬分的喃喃著：「倩娘昏迷了五年，怎麼會突然醒了？……而且，那個船上的倩娘又是怎麼回事？」

不僅是他，王宙也大惑不解；倩娘明明和他在一起生活了五年，舅父的家裡怎麼會還有一個倩娘呢？

這時，閨房裡的倩娘已經打扮好，笑吟吟的走了出來，而幾乎就在同時，船上的倩娘也笑吟吟的從外面走了進來。

就在眾人的驚愕中，兩個倩娘都筆直的走向對方，然後竟神奇的合而爲一，連衣裳也重疊在一起！

到底倩娘的魂魄是隨著王宙私奔呢，還是一直臥病在床整整五年？這件事始終是一個謎。

畫琵琶

有一個書生，要到吳地去遊玩，路過江西的時候，因爲江風大作，不得不暫時把船停泊在岸邊，打算等江風平息，便於行船的時候，再繼續前進。

將船停妥之後，書生閒來無事，一時興起，心想乾脆上岸隨意瀏覽一番。

他很快就走進一片樹林，走了幾十步，有一個小山坡，坡上有一座不起眼的小廟。

書生走了過去，發現寺門沒鎖，是敞開著的，便大膽的走了進去。這座小廟，還眞簡陋，幾乎沒什麼家具，更談不上什麼裝飾，僧房裡只擺了一張床，床破舊得都有些下陷了，門外有幾間小廂房，牆壁上空空如也，素淨得過於寒酸。

書生走來走去，發現在一間小廂房的旁邊放著筆硯。書生向來對繪畫頗有些心得，這時心血來潮，便拿起筆來，在靠近房門的一片白壁上，畫了一個和實物一般大小的琵琶。

書生畫得非常用心，白壁上的琵琶非常漂亮，而且栩栩如生。他才剛畫好，江風也剛好停息，他就上船走了。

不久，和尚和幾個村民一起回來，大家發現了白壁上的琵琶，都非常納悶。

「咦？」一個村民問道：「這裡什麼時候多了一個琵琶？」

和尚搖搖頭，「我不知道。」

另一個村民又問：「是誰畫的？」

「我不知道呀，」和尚頓了一下，打趣道：「也許是五台山上的聖琵琶來顯靈的吧。」

其實，這本來也只是一句玩笑話，沒想到幾個村民居然信以爲眞，立刻跑到鎮上去奔走傳告。

「五台山上的聖琵琶來顯靈了！五台山上的聖琵琶來顯靈了！」

許多村民都非常興奮，馬上紛紛帶著鮮花素果前來拜祭，並且向聖琵琶誠心祈禱，希望聖琵琶能夠降福。

接下來一段時間，由於有些祈禱剛好靈驗了，村民們傳告得更爲積極，聖琵琶的香火也就更盛。

而畫出「聖琵琶」的書生，對這些事情渾然不知。直到一年多以後，書生離開吳地，準備要返鄉了，才偶然在途中聽說江西某地有一座小廟，在一年多以前出現了聖琵琶，經常顯靈。

書生一路上聽了不止一個人說起這件奇聞軼事，愈聽愈覺得熟悉，愈聽愈覺得疑惑。

「難道——不會吧？」

他決定要去弄個清楚。

等船前進到江西時，他便叫船夫停在一年多以前泊船的地方，然後上岸尋訪。

憑著記憶，他很快就找到了那間寺廟。這回和尚又不在寺裡，壁上的琵琶，就跟他畫好時一樣，只是現在前面多了一張供桌，桌上擺著豐富的鮮花素果，爐裡還焚著香。

「嘿，」書生覺得十分好笑，「原來，『聖琵琶』眞的是這個玩意兒！」

他看了一會兒，打定主意要來個惡作劇。

於是，書生端來一盆水，把壁上的琵琶洗得乾乾淨淨，然後回到船裡去住宿。

第二天一早，書生又來到寺裡。正如同他預料得一樣，寺裡早就擠滿了人，鬧轟轟一片，大家都在議論紛紛，很多人都垂頭喪氣，還有的人難過得掉下了眼淚。

書生走過去，若無其事的問道：「發生了什麼事？」

有人就把聖琵琶的事簡單告訴了他。

書生就問：「我覺得很奇怪，好端端的怎麼會突然出現一個什麼『聖琵琶』呢？」

有人就說：「這當然是因爲咱們這裡地靈人傑，百姓們又都心存善念，做了很多好事，積了很多陰德，五台山上的聖琵琶才會特地來顯靈的呀。」

「喔？」書生的心裡暗自竊笑，表面上卻仍一副正經八百的樣子說：「那照這樣說起來，現在一定是因爲很多人都居心不善，行事不正，做了很多壞事，得罪了神明，神明一生氣，聖琵琶才不見了。」

「這——」村民聽了這番推論，都覺得十分尷尬，一時之間卻又啞口無言。

村民們紛紛不悅的指責書生道：「喂，你是誰啊？幹麼跑到這裡來多管閒事！」

書生這才說：「老實說吧，那個什麼『聖琵琶』根本就是我畫的呀！」

「什麼？」

「不要胡說！」

「那怎麼可能！」

村民們都不信。

「是眞的。」書生就把一年多以前，他偶然路過此地，信手在壁上畫了一個琵琶，以及昨天故意把白壁上的琵琶洗掉的事，統統說了一遍，並且說：「你們若不信，我現在再畫一個給你們看。」

過不了多久，白壁上果然又出現一個和先前那個「聖琵琶」一模一樣的琵琶。村民們這才相信書生所言不虛，你看看我，我看看你，一個個都尷尬得不知該說什麼才好。

枕中記

在唐朝，有一個學仙得道的道士呂翁，經常在各地旅行，生活得十分瀟灑。

唐玄宗開元七年的某一天，呂翁正前往邯鄲，傍晚走累了，便找了一家客店歇息。走進客店，他就取下帽子，放鬆衣帶，身子隨意的倚著自己的行囊坐著。

不一會兒，來了一個年輕人，名叫盧生，穿著粗麻短衣，騎著青色小馬，正準備到田裡去，途經客店，把小馬繫好，也走進來休息，就和呂翁坐在同一張席上。

兩人很自然的聊了起來，而且聊著聊著還非常投機。

談笑間，盧生偶然一低頭，看到自己的衣服又破又舊，突然頗爲感慨，沒來由的傷感起來，長嘆一聲道：「唉，大丈夫生不逢時，不得志也就罷了，沒想到竟然困頓

到這個地步啊！」

「咦，你這個年輕人眞是奇怪，」呂翁說：「我看你四肢健全，身體健康，不是活得很暢快嗎？何況我們剛才不是還聊得挺開心，你怎麼忽然就悲嘆起來了呢？」

盧生一臉沉重，垂頭喪氣道：「唉，您是在跟我開玩笑吧？我這個樣子，哪能叫作暢快，只不過是混混日子，苦中作樂罷了！」

呂翁一聽，微微一笑，「如果這樣不能叫作暢快，怎樣才能叫作暢快呢？」

盧生說：「那當然是要出將入相，有一番轟轟烈烈的事業，坐擁天下美女和奇珍異寶，吃盡山珍海味，總之，要有享用不盡的榮華富貴，這樣的人生才能稱得上暢快啊！像我這樣，早年雖然也曾發憤苦讀，滿以爲求取功名並非難事，誰知道不知不覺就蹉跎至今，一事無成，眼看就快步入壯年卻仍然還得天天都在田裡忙忙碌碌，這樣的

酒

生活不是困頓還是什麼呢？唉，想想人生眞是沒意思啊——」

說著說著，盧生還意興闌珊的打了一個大大的呵欠。

這時，客店主人正要蒸黃粱米飯。

呂翁從行囊裡拿出一個枕頭遞給盧生，對他說：「你累了，先睡一會兒吧。你會享盡榮華富貴的。」

盧生不明白呂翁所說的話是什麼意思，但因這時睡意已強烈的襲了上來，所以也無意追問，接過枕頭，倒頭就睡。

這個枕頭是青瓷做的，兩頭都是空空的。盧生枕在上面，恍恍惚惚之間，突然感覺枕頭兩頭的空洞愈來愈大，愈來愈亮，很快的竟大到可以容身的地步，盧生便不由自主的坐了起來，鑽進洞中，洞中是一條長長的通道，他順著通道一直往前走，走著走著竟回到了自己的家中。

幾個月之後，盧生非常幸運的娶了清河名門崔氏的女

兒。新娘子不僅長得非常漂亮，還帶來了豐厚的嫁妝，盧生原本頗爲清寒的生活立刻獲得大幅的改善，甚至也開始講究起生活享受和排場。盧生眞是高興極了。

這樁理想的婚姻似乎是他交上好運的開始。第二年，他一償夙願，考上了進士，開始做起官來了，而且還官運亨通，平步青雲，連連升遷，僅僅過了三年，就已出任同州刺史，又調任陝州刺史。

受到了賞識，盧生也很感念，做事非常認眞，一心希望造福地方百姓。他對於水利工程特別的有才幹，在他的指揮之下，從陝西開鑿了一條長達八十里的運河，改善了原本不便的交通，直接獲益的老百姓不知道有多少，大家都很感謝他，紛紛自動自發的爲他立了石碑，還在石碑上刻下他的功德，作爲紀念。

不久，由於政績卓著，盧生又改任汴州長官，兼任河南道採訪使，隨後又被朝廷命爲京兆尹。

這一年，玄宗皇帝爲了擴張國土，正在邊疆和戎狄開戰，沒想到戰況失利，不但被吐蕃的兩名猛將帶兵攻陷了瓜沙，還損兵折將，連節度使都在慘烈的戰役中陣亡了，一時之間，黃河、湟水一帶民心騷動，大家都大爲恐慌。盧生就在這時臨危受命爲御史中丞，兼河西道節度使，統率大軍準備反擊。

盧生不負重望，一舉大敗戎狄，殺敵七千人，開拓疆土九百里，還建了三座大城來扼守要塞，眞可稱得上是功動彪炳。邊疆地區的老百姓對盧生非常敬佩，也非常感激，便在居延山爲盧生立了石碑，來好好的歌頌他。

盧生得勝回朝，皇帝封官賜爵，對他禮遇到了極點，很快就升他爲吏部侍郎，不久又升他爲戶部尚書兼御史大夫。這個時候的盧生，可謂達到了事業的頂峰，又受到社會各界普遍的尊崇，意氣風發，對自己的成就感到心滿意足。

不料也就差不多是從這個時候開始，春風得意的盧生引起當時權臣的忌恨，竟故意製造了很多的流言來中傷他，盧生就這樣莫名其妙的被貶爲端州刺史。

幸好，沉潛了三年，皇帝又召他進京當常侍。盧生把握機會，好好表現，憑著自己的才幹，果然過不了多久又當上了宰相，且與中書令蕭嵩和侍中裴光庭一起掌握朝政長達十幾年。

在這段期間，盧生爲了朝政眞可說是盡心盡力，表現也很傑出，人人都讚美他是一位難得的賢相。盧生對自己的生活感到非常的稱心如意。

然而就在這時，厄運再度找上他；有幾個嫉妒他的同僚，又造謠誣告他和邊疆武將有勾結，圖謀叛逆。皇帝聞訊之後，大發雷霆，竟然在眞相還沒有查明之前就斷然下詔要逮捕他，把他關進監獄。

當盧生得到消息，聽說官吏已經帶著侍從正朝他家趕

來，要立即逮捕他時，他的心裡非常害怕，突然無限感慨的對妻子說：「唉，想當初我的老家在太行山東面，還有良田五頃，本來我們靠種田也不愁溫飽，何苦要離鄉背井來這裡做官呢？……可是，如今既然已落到這個地步，現在就算我想再穿著粗麻短衣，騎著青色小馬，自由自在的在邯鄲郡的大道上走來走去，也早已經是萬萬不可能了！」

說著，盧生悲從中來，舉起刀來就要自殺。他的妻子衝上去，拚死阻止，奪下刀子，他才沒有死成。

這件案子牽連了很多人，同案的其他人幾乎都被處死了，只有盧生也算是命不該絕，被人保了下來，免了死罪，改判流放驩州。

這樣熬了幾年，皇帝終於明白盧生是冤枉的，又任命他爲中書令，封爲燕國公，對他十分恩寵，盧生之前所受到的委屈，總算得到了彌補，接下來的歲月，就都過得相當平順。

回顧盧生宦海浮沉五十年，兩次被流放到荒涼的邊境，可是後來又都能捲土重來，再登高位；他的性格奢侈放縱，後庭所收養的歌女，個個美麗異常；朝廷先後賜給他的良田、豪宅、美女、名馬，多到數都數不清；他有五個兒子，個個都頗有才幹，也都當了官，所娶的也都是當時名門望族的千金；盧生一共有十幾個孫子，稱得上是人丁興旺……

後來，盧生老了，身體狀況大不如前，多次上書要求退休養老，皇帝總是不准。又過了些時日，盧生得了病，皇帝不但不斷派宦官來問候，更命人為他延請名醫，準備良藥，竭盡全力來為他治病，然而，盧生的病情還是一天比一天加重。

臨終時，盧生上了一道奏章給皇上，說自己本來只是山東一個種田的讀書人，因緣際會做了官，又意外受到皇上恩寵，讓他位居高位……總之，對皇上由衷的感謝，溢

於言表。

皇帝看了盧生的奏章，也頗爲感動，立刻下了一道詔書給盧生，一方面感謝他這麼多年來爲國家所做的諸多貢獻，一方面也叮囑他一定要爲國珍重，好好養病，希望他很快就能完全康復。

可是，詔書到的那天晚上，盧生就死了。

……

盧生伸了一個懶腰，悠悠醒來，驚訝的發現自己居然還睡在客店裡，呂翁就坐在自己旁邊，店主方才蒸的黃粱米飯此刻還沒有蒸熟，四周的景物都和自己入睡前一模一樣。

呂翁微笑的對盧生說：「怎麼樣，你睡得舒服嗎？」

盧生愣了一下，急忙坐起來疑惑的問：「難道剛才的一切，都只是一場夢嗎？」

呂翁淡淡的說：「其實人生的暢快得意，也就像是一

場夢啊！」

盧生聽了，呆呆的坐在那兒坐了好久，心中無限的感傷，但感傷之餘，也若有所悟。

終於，盧生站起來，恭恭敬敬的向呂翁拜謝道：「對於榮辱之道、命運的起起伏伏、得失之間的變化，甚至是看破生死的智慧，現在，我都已經懂得了；這黃粱一夢就是先生您用來消除我的功名欲望，要我珍惜樸實人生的方法吧？我怎麼敢不接受教訓呢？」

說完，盧生又十分虔誠的向呂翁拜了兩拜，然後就飄然遠去。

紅線盜盒

唐代，潞州節度使薛嵩的家裡有一個侍女，名叫紅線，年紀雖然不大，只有十九歲，但是聰明伶俐，很會彈奏一種叫作「阮咸」的樂器，對於經書史籍又都頗有心得，薛嵩認爲她相當有才幹，很器重她，便讓她掌管文牘奏章，改稱爲「內記室」。

有一次，薛嵩在軍中舉行盛大的宴會，少不得要有熱鬧的音樂助興，當樂隊正在演奏的時候，紅線對薛嵩說：「羯鼓的聲音不對勁兒，音調太悲傷了，那個擊鼓的人一定是有什麼傷心事。」

薛嵩本來就頗精通音律，驚訝的看著紅線說：「我也聽出來了，不過，我沒想到妳也聽得出來。」

他把擊鼓的那個人叫來一問，那人老實的說：「是這樣的，我的妻子昨天晚上死了，可是因爲今天有盛會，我又不敢請假……」

「原來如此。」薛嵩立刻讓他回家去處理妻子的後事。

這件事也令薛嵩對紅線更加的另眼相看。

那時正是唐肅宗至德年間，河東和河北兩道還不安定，朝廷以釜陽作爲節度使鎮守的地方，命薛嵩在這裡堅守，來控制太行山以東的地方。當時，安史之亂剛剛平息，軍政機構都還處在草創的階段，無怪乎河北一帶的藩鎮仍然很跋扈，爲了牽制以及緩和藩鎮之間的衝突，肅宗還特別要求薛嵩一方面把女兒嫁給魏博節度使田承嗣的兒子，一方面再爲兒子迎娶滑州節度使令狐彰的女兒，希望這三個結了兒女親家的節度使能夠因此經常往來，保持和平。

然而，對於肅宗這番苦心，魏博節度使田承嗣卻並不

買帳。田承嗣本來就是一個猛將，再加上常患熱毒風，一到夏天，病情加劇，總是苦不堪言，因此常說：「太行山以東那一帶，即使是在夏天也非常涼爽，我如果能夠到那裡去駐防，享受那裡舒適的氣候，一定可以多活好幾年！」

這番話其實已流露出他想兼併太行山以東——也就是薛嵩地盤——的野心。不久，田承嗣更明目張膽、肆無忌憚的把這個野心付諸行動，開始招募了三千個無論是膽識或武藝都勝過常人十倍的士兵，稱爲「外宅男」，給他們最優厚的待遇。同時，田承嗣還命人用卜卦選定一個好日子，準備兼併潞州。

薛嵩得知這個消息以後，發愁得簡直不知道該怎麼辦才好，晚上更是經常焦慮得無法入睡。

這天晚上，將要起更的時候，軍中轅門已經關上了，薛嵩拄著枴杖，愁容滿面的在庭院裡踱來踱去，苦思該如何應付即將到來的災難。

紅線一直在薛嵩身旁陪著。突然，紅線開口問道：「大人，您最近總是心事重重，寢食不安，是不是爲了強鄰即將來犯的事而苦惱，能說給我聽聽嗎？」

薛嵩長嘆一聲，「唉，這件事確實十分棘手，事關我個人和全家的安危，不是妳能夠了解的。」

紅線說：「還是請您說給我聽聽吧，我雖然身分卑微，但還是能夠爲您排憂解勞的。」

薛嵩有感於紅線的態度是那麼的眞誠，另一方面他所承受的壓力過分沉重，也確實需要向人傾吐，於是便把田承嗣正蠢蠢欲動的事，詳細的告訴了紅線。

薛嵩還憂慮萬分的說：「唉，我繼承祖父留下來的功業，是受了朝廷的大恩，萬一這片得來不易的疆土是在我手上失去了，無異於就是幾百年來的動業統統毀在我的手裡，教我以後在九泉之下和列祖列宗見面時，要怎麼向列祖列宗交代啊！」

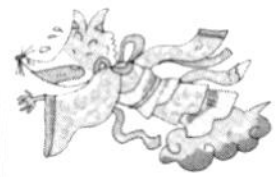

紅線聽罷，稍微的想了一下，「大人，不要煩惱，這件事不難解決，我有辦法。」

薛嵩根本不信，喪氣的說：「妳一個女流之輩，能有什麼辦法！」

「我現在立刻就去魏城一趟，觀察一下那裡的形勢，順便窺探一下虛實。」

「現在？」薛嵩以爲是自己聽錯了。

但是，紅線篤定的說：「是的，就是現在。現在才一更，我立刻動身，到了三更就可以回來向您報告。」

「怎麼可能？魏城離咱們這兒可有好一段路啊！何況，我聽說田承嗣經常命令至少三百個『外宅男』在他的住處四周守夜護衛，妳只不過是一個弱女子，怎麼可能去偵察呢？」

紅線信心十足的表示：「大人不要擔心，我自有辦法，現在請您趕快寫一封向田將軍問候的信，再準備好一

匹快馬和一位騎快馬的使者，其他的事就等我回來後再說吧。」

薛嵩訝異的看著紅線，猶豫了一會兒，才緩緩說道：「妳在我家這麼久，我居然一直不知道妳是這樣一個奇女子，這都是我的疏忽……可是妳剛剛說的計畫非同小可，萬一失敗，恐怕一定會立刻招來極大的禍害……萬一到那個時候，該怎麼辦呢？」

「放心吧，大人！」紅線頭一抬，兩眼炯炯有神，無比堅定的說：「只要我出馬，一定成功！」

紅線回到閨房，很快的就打扮好，準備輕裝上路。她的頭上梳了一個烏蠻髻，插上一枝金雀釵，身上穿著紫色繡花的短袍，腳上穿著青絲便靴，胸前佩著一把有龍形花紋的匕首，額上還寫了太一神的名字。

一切準備妥當，紅線來到薛嵩的面前。

「我走了，三更就回來，等我回來的時候，請您務必要

把問候信、快馬以及騎快馬的使者統統都準備好。」

說完，彎下身子向薛嵩拜了兩拜，忽然一眨眼就不見了。

薛嵩關上房門，先寫好了一封簡單的問候信，然後背著燭光正襟危坐，隨後又獨自喝起酒來。平時薛嵩的酒量向來不好，頂多只能勉強喝幾杯，這天晚上說來也怪，居然一口氣連喝了十幾杯都還沒有醉，仍然清醒得很。

好不容易到了三更時分，號角聲迎風響起，把神經繃得很緊的薛嵩嚇了一大跳，突然，他彷彿聽見外頭有樹葉落下的聲音，急忙吃驚的跳起來朝外面問道：「誰？有人在外面嗎？」

「大人，是我，紅線。」

一聽是紅線的聲音，薛嵩高興極了，急忙打開門——果然是紅線，正笑吟吟的站在那兒。

「快進來，快進來！——怎麼樣？事情辦成了嗎？」

「辦成了，一切順利！」

「妳沒有傷人性命吧？」

「沒有，完全不需要那樣，」紅線笑著說：「我只是從田將軍的床頭拿了一個金盒回來，大人，您看！」

紅線從懷裡掏出一個做工極其精緻講究的金盒，薛嵩看了又看，簡直不敢相信，連連驚嘆道：「啊！太不可思議了！妳是怎麼辦到的？快說給我聽聽吧！」

紅線在午夜前三刻就到了魏城，她神不知、鬼不覺的經過好幾道門，如入無人之境般的徑自來到了田承嗣的臥房。

「田承嗣命三百個身手了得的『外宅男』在他住處守夜護衛」的說法是眞的，在進入田承嗣臥房之前，紅線一路上確實看到不少「外宅男」，只是他們的護衛非常鬆散，毫無警戒之心，不是在庭院裡走來走去、談笑風生，就是大

刺刺的睡在走廊上，發出如雷的鼾聲，根本沒有人察覺到有人侵入。

紅線推開田承嗣臥房的門，很快便來到田承嗣的睡帳前。

田承嗣睡得很熟。紅線站在他的床邊，就這樣無聲無息的看著他；想到這位大名鼎鼎、許多人聞之喪膽的田將軍，如今性命全懸在她的手心裡，而他自己還渾然不覺，盡情酣睡，不禁覺得有點兒好笑。

稍後，紅線把視線從田承嗣身上移開，看到田承嗣的腦袋正枕著一個描花的犀牛皮枕，髮髻包著黃色的絲絹，枕前露出一把七星劍，顯然是要防身用的。

紅線順著那把七星劍往前看，看到有一個打開的金盒。紅線仔細一看，發現盒內寫著田承嗣的生辰八字和北斗神的名字，還用一些美麗的珍珠和名貴的香料，覆蓋在上面。

紅線立刻就有了一個好主意——在來之前，她原本就打算要拿走一個田承嗣身邊的東西，現在，她決定要拿走這個金盒！

當時，燭光昏暗，爐內香灰成堆。侍從和侍女們都散在四周，有的人靠著屏風，垂著腦袋呼呼大睡；有的人則拿著手巾或拂塵，伸直了身子躺著，同樣都睡得很香。各式各樣的武器全部都交錯羅列著。紅線在臨走前，還惡作劇般的拔下那些侍女的髮簪和耳環，還把她們的衣裳統統繫在一起。紅線的動作非常非常的輕，沒有驚醒任何一個人。

拿了金盒之後，紅線出了魏城西門，走了將近兩百里，只見銅雀台高高的聳立著，漳河水靜靜的向東流去，報曉的雞鳴聲已傳遍田野，下斜的月亮則高掛樹梢，煞是美麗。方才前往魏城時，紅線是身負艱鉅的任務而來，如今任務圓滿達成，心情輕鬆不少，儘管腳下仍不停的趕

路，卻因興奮而有了些順便欣賞風景的興致，這一欣賞便覺得這一路的風景眞是美極了。

紅線想到薛大人對自己一直那麼照顧，自己也一直希望能夠有機會報答薛大人的恩德，如今自己能夠在三更半夜往返七百里，經過五、六座城池，進入一個危險的地方，但總算是能爲薛大人解決了一大難題，總算是能夠報答薛大人了，想著想著，紅線的嘴角不禁泛起一絲欣慰的笑容……

「了不起，妳眞是太了不起了！」薛嵩對紅線眞是佩服得不得了，「而且，妳也辛苦了！」

紅線淡淡的笑著說：「我只希望能夠解除大人您的憂愁，哪裡談得上辛苦呢？」

於是，薛嵩提起筆來，在先前寫好的給田承嗣的問候信上加上這麼一段話：

「昨夜有一個客人從魏城來，說是從元帥您的床頭得到一個金盒，我不敢把它留下來，現在特別將這個盒子恭謹的封好奉還。」

然後，立刻派了一個也是早已準備好的使者，拿著金盒和問候信，騎上快馬，就急如星火般的朝魏城奔去。使者一路狂奔了大半夜，直到黎明時分才終於匆匆趕到魏城。

這時，整個田府上上下下已經亂成一團，因爲田將軍最寶貝的金盒不見了，此刻正到處都在搜查，全軍上下都驚疑不定，憂慮萬分。

使者要求田將軍立刻接見，說是薛大人派他送來一件至關重要的東西。

田承嗣不敢耽擱，馬上出來接見，使者就把金盒和薛嵩的問候信呈過去。田承嗣一看到金盒，大爲驚駭，手腳發軟，幾乎要跌倒在地，等看完薛嵩的信，更是面色如

土，渾身直打哆嗦。

想想看，倘若那個深夜的神祕客能在那麼多「外宅男」眼皮底下，那麼輕易的就盜走他的金盒，如果當時是想取他的首級，勢必也是易如反掌……想到這裡，陣陣寒意不禁又強烈的襲上田承嗣的心頭，令他恐懼得冷汗直流。

田承嗣當即把使者安排到最好的房間歇息，命令家僕要好好的招待，還送給使者很多禮物。

第二天，田承嗣更立刻帶了三萬匹綢緞，兩百匹駿馬，還有許多奇珍異寶，來到潞州拜訪薛嵩，親自登門道謝，並且致歉。

「我知道，我之所以能夠活命，全是由於您的寬宏大量，對於您的大恩大德，我一定謹記在心，不敢稍忘，今後我一定完全聽任您的差遣，再不敢有任何非分之想……」

爲了替自己找一個下台階，田承嗣也對於自己日前廣設「外宅男」做了一番解釋。

「其實那些『外宅男』只不過是用來防備其他強盜的，並沒有什麼不好的意圖；爲了避免引起您的誤會，現在我已經叫他們全脫下軍裝，打發他們統統回老家種田去了。」

薛嵩雖然明知道這是田承嗣的狡辯，但也不拆穿他，反而若無其事的說：「咱們本來就是親家，您實在是太客氣啦。」

一場原本很可能是腥風血雨的風暴，就這樣不費一兵一卒的、被紅線一個人給化解了。此後黃河南北，大家又重新和睦相處，經常遣使互往。

不久，有一天紅線來向薛嵩告辭求去。

薛嵩很意外，也很捨不得，頻頻說：「妳從小就在我家，我是看著妳長大的，妳要到哪裡去？況且我今後還想多多仰仗妳呢。」

紅線似乎也有些不捨，頗爲無奈的說：「可是，時候到了，我也不得不走……」

紅線告訴薛嵩，她前世本來是一個男人，在江湖間求學，偶然讀到神農氏的藥書，便開始到處行醫，救治了無數的病人。可是有一回，街坊中有一個孕婦，得了一種奇怪的寄生蟲病，他用一種藥酒爲她打蟲，沒想到孕婦喝了藥酒之後，竟和肚子裡的一對雙胞胎一起死了。由於一下子殺了三個人，陰間責怪下來，就罰他這輩子降生爲女子，還讓他成爲卑賤的奴僕。

「幸運的是，我居然能夠降生在您家，如今已經十九年了，不但吃得好、穿得好，還受到您如此器重，這眞是我的福氣！」紅線誠懇的說。

聽紅線居然如此自述離奇的身世，薛嵩睜大了眼睛，驚奇不已，一時還眞不知道該說什麼才好。

紅線又說：「我一直想找個機會報答您的恩情，不久前去魏城走一遭，總算了卻了我一樁心願，何況因爲我去了那一趟，如今兩地都保全了城池，數萬人也因此保全了

性命，我想這一定足以彌補我前世的罪過了，我應該趁這個機會離開塵世，摒除俗念，好好的養性煉氣才是。」

薛嵩知道無論如何都不可能留得住她了，嘆了一口氣，「既然如此，那就讓我用千金爲妳建一個山林隱居的住處，讓妳在那兒好好的修行吧。」

但是紅線堅持拒絕了薛嵩的好意，堅持要遠走他鄉去修行。

薛嵩只得大擺筵席，廣邀賓客，盛大隆重的爲紅線餞行。

席間，有一位名叫冷朝陽的賓客還當場做了一闋詞：

《採菱》歌怨木蘭舟，
送別魂消百尺樓。
還似洛妃乘霧去，
碧天無際水長流。

薛嵩親自吟唱這首詞來爲紅線送行，歌聲無限感傷，

在場賓客好多人都深受感動，甚至都流下了眼淚，紅線似乎也感傷得不能自己，朝著薛嵩一邊拜一邊哭。後來，她乾脆假裝醉酒，藉故離席，從此就再也沒有她的消息了。

神奇的玻璃瓶

揚州城出現了一個乞丐。沒人知道這個乞丐是從哪裡來的，但是只要看過他，都知道他會玩很多神祕的把戲。

自從這個乞丐在揚州城出現，十幾天以來，他幾乎天天都在街頭表演他那些奇幻離奇的把戲，藉此向圍觀的人討些賞錢。他的表演確實非常精采，每次都能博得熱烈的掌聲，以及爲數頗豐的賞錢，有的時候，光是一天的賞錢就可高達千萬貫。

這天，乞丐在眾人面前，從懷裡掏出一個玻璃瓶，瓶子不大，差不多只可容下半升的液體，裡外是完全透明的。

乞丐把這個瓶子放在自己腳前的席子上，拱手對圍觀的人說：「有哪位好心的朋友，肯好心施捨一下，只要能

把這個瓶子裝滿，我就心滿意足了！」

「這怎麼可能！」大家看那個瓶子的口只有蘆葦稈子那麼細，紛紛大笑道：「這麼細的瓶口，怎麼可能放得下錢？你是不是睡糊塗啦？」

「當然不是，」乞丐也笑道：「各位有所不知，我這個瓶子可不是一般的瓶子，絕對放得下錢，而且是有多少就可以放多少，不愁會放不下。」

群眾譁然，紛紛搖頭。

「不可能！」

「我才不信呢！」

「太離譜了！」

乞丐又說：「各位如果實在不信，何不試試，不就知道了？」

「好，試就試！」有人拿出了一百文錢。

「讓我來吧。」乞丐接過了那些錢，朝瓶口一丟——

嘿，誰都沒有看清楚是怎麼回事，就聽見「叮叮咚咚」一陣輕脆的響聲，再仔細一看——哎喲！那一百文錢竟然真的都被丟進了玻璃瓶裡，只不過那些錢現在看起來就像是一粒粒米粟似的。

「怎麼可能？」大家都嚇了一跳，不敢相信自己的眼睛。

「我再試一次！」有人拿出了一千文錢。

乞丐照樣把它們「叮叮咚咚」的丟進瓶子裡；連大氣都不喘一下。

「再試一次！」這回，有人拿出了一萬文錢。

不久，是十萬文錢……二十萬文錢……

到後來，乞丐甚至把幾隻驢子、幾匹馬，陸續也趕進瓶子裡！只見這些驢子和馬在瓶子裡都變得只有蒼蠅那麼一丁點兒大，但是，憑著肉眼仍然可以看得出牠們原來的模樣，而且牠們現在在瓶子裡也仍然完全可以行動自如。

乞丐說得沒錯，這確實不是一個普通的瓶子，而且確實像是永遠也裝不滿的樣子！

「這是什麼瓶子啊？太神奇了！」

「我從來沒看過這麼特別的瓶子！」

「眞是不可思議！」

圍觀的群眾愈來愈多，大家都驚嘆不已。

這時，一位政府的稅官，剛收了好幾十車的貨物，正巧從那兒經過，也看到了這場「精采的表演」，頗不服氣的向乞丐挑戰道：「我這兒有好幾十車的貨物，你那個小瓶子也裝得下嗎？」

乞丐看看稅官，慢呑呑的說：「裝是裝得下，只是，既然這些東西都是公物，裝進去以後，你要拿什麼回去交差呢？」

「嘿，你別說得那麼好聽，」稅官趾高氣昂的說：「我看你是心虛了吧？擔心牛皮馬上就要吹破了吧！」

圍觀的群眾紛紛鼓譟，有的人說：「裝給他看呀！」

也有的人說：「是不是不敢呀？」

乞丐不再說話，只是彎下身子，把那個玻璃瓶稍微側著，突然大叫一聲，語音剛落，那些載滿貨物的車子，居然就一輛接著一輛的眞的都被趕進了瓶子！隔著瓶子，都還可以看到這些已成了小不點的車隊，還在裡頭井然有序的走著。

但是，等到最後一輛車子也「走」進瓶子之後，瓶子裡的車隊就突然全部消失了！

大家都目瞪口呆，還來不及多問，乞丐竟然縱身一跳，也跳進瓶子裡去了，而且瓶子裡很快就空空如也，什麼也沒有！

「啊！我的錢！」

「我的馬！」

「我的驢！」

方才協助乞丐「演出」的人，現在都急壞了！

最著急的，當然還是莫過於那個稅官！

「我的東西！」他連連哀嚎，情急之下，衝上前去，抓起那個玻璃瓶子就往地上重重一摔，以爲這樣就可以找回自己好幾十車的貨物！

然而，瓶子碎了，卻還是什麼也沒有……

更奇怪的是，一個多月以後，居然有人在遙遠的河北一帶看到那個乞丐正趕著那好幾十輛貨物，大搖大擺的往山東方向奔去呢！

柳氏傳

柳氏本來是京城李生的寵妾。

李生家境富裕，又很講義氣，並且特別敬重有才學的人。

那是在唐玄宗天寶年間。當時，詩作已頗有名氣、也算是「名士」的昌黎人韓翃，因爲不擅處理生活，竟然流落京城，日子過得非常艱難。李生與韓翃的交情本來就很不錯，現在看韓翃居然淪落到流落異鄉的地步，李生的心裡非常不忍心，就把韓翃帶回家，把韓翃安置在寵妾柳氏房子的旁邊，這裡向來也是李生和友人飲酒賦詩的地方。

由於韓翃在社會上已頗有名氣，自從他住進李生家之後，李生家比以前更熱鬧了，經常有很多英雄豪傑前來拜訪韓翃。

有一次，柳氏從門縫中偷偷往外張望，看到了韓翊，深爲他的儀表和談吐所傾倒，忍不住對身邊的僕人說：「像韓先生這樣的人才，貧困只是暫時的，怎麼可能會永遠貧困啊！」

不久，這幾句話傳到了李生的耳裡，李生便知道柳氏對韓翊已有了愛慕之意，而經過他的觀察，他發現韓翊對柳氏也是相當欣賞的，便有意成全這對顯然有些相見恨晚的才子佳人。

於是，李生便設宴邀請韓翊來喝酒，喝到酒酣耳熟的時候，就把想成全韓翊和柳氏的意思明說了，韓翊大爲驚訝，也頗爲惶恐，立即離開座席推辭道：「您對我這麼好、這麼照顧，長期供應我的生活，我已經不知道該如何報答了，現在怎麼還能奪您所愛呢？」

「不，我是眞心的……」李生再三請求韓翊不要推辭。

這時，柳氏深知李生是誠心誠意要這麼做，乾脆自己

走出來，向李生再三拜謝，大方的入席坐下。韓翊這才不再堅持，默默的接受了李生的好意。

李生請韓翊坐在上座，斟滿酒，再度舉杯暢飲，算是對韓翊和柳氏這對新人的祝福。李生還拿出三十萬文錢，給韓翊作爲安家的費用。

韓翊和柳氏婚後非常幸福。幸福的時光似乎總是過得特別快，他們就這樣不知不覺的過了一年。

第二年，韓翊考取了進士第一名，但是，由於捨不得柳氏，而想盡辦法在家中又待了一年，還不肯出去作官。

後來還是柳氏勸告他：「金榜題名，光耀門楣，這是多少人夢寐以求的事，您怎麼能夠因爲我而耽誤了自己的大好前程呢！」

柳氏鼓勵韓翊應該先回家去看看，讓父母分享他的榮耀，並且說：「現在家裡還有錢，應該足夠維持到等到您回來的日子，您就放心的回去吧！」

韓翊接受了柳氏的勸告，就整理行裝，回家鄉清池去了。

沒想到途中因爲有事耽擱，韓翊一去就是一年多，家中的錢已經用完了，柳氏只好開始典當首飾和衣物來維持生活，一心一意的等韓翊回來。

然而，一場大難隨即降臨……

這個時候是天寶末年，藩鎭節度使安祿山、史思明叛亂，率軍占領京城，城內的男男女女都紛紛逃難。柳氏苦等韓翊沒有結果，只有自行安排生路。她知道自己容貌不差，深恐盜賊來了會遭到凌辱，便剪掉自己的頭髮，改變模樣，躲在法靈寺避難。

避難的時候，柳氏時時刻刻都在向上天祈禱，希望亂事趕快平定，希望她和韓翊還能有相逢相聚的一天。

韓翊到底在哪裡呢？

原來，亂事爆發之後，他雖然也心急如焚，萬分掛念

柳氏，卻因戰事阻隔，有家歸不得，後來，侯希逸從平盧節度使調往淄青當節度使時，因爲久慕韓翊的名氣，便聘請韓翊擔任書記。

到了肅宗，叛亂平定，京師也恢復了，韓翊立刻派人回到京師，暗中在四處打聽柳氏的下落。

他用一條絲織口袋裝著沙金，並且在口袋上題了一闋詞：

章台柳，章台柳，
昔日青青今在否？
縱使長條以舊垂，
亦應攀折他人手。

信使好不容易才終於找到了柳氏，把這絲織口袋交給她。柳氏一看到口袋上那闋詞，就忍不住不停的哭泣，身旁的人沒有一個不爲她感到難過。

等到情緒稍微平穩一些之後，柳氏也和了一闋詞給韓

翊，作爲答覆：

楊柳枝，芳菲節，
所恨年年贈離別。
一葉隨風忽報秋，
縱使君來豈堪折！

回信之後，柳氏就眼巴巴的等候韓翊的消息，滿心以爲兩人很快就可以團圓。

誰知這樣美好的願望，又被橫生的枝節給徹底的破壞了。

不久，有一位蕃將，名叫沙吒利，因爲在平亂時曾立下不少戰功，亂事平定後在京師頗有權勢，偶然間得知了柳氏的美貌，竟強行把她搶回了府中！

而韓翊那兒，自從得到柳氏的音信之後，當然是恨不得立刻就飛到京師來與她會合，但是，因爲有職務在身，他也是身不由己，只能度日如年的等待機會，等得非常心

焦。

終於，機會來了，侯希逸做了左僕射，進京覲見皇上，韓翊得以和他同行，這才能回到京師。

韓翊滿懷希望的回來，回來之後卻失望的發現，竟然又失去了柳氏的蹤影。他不死心，仍然到處打聽，到處尋訪，但是都沒有結果。

有一天，韓翊在龍首岡，遇到一位僕役趕著一輛牛車，車後跟著兩位婢女。韓翊不經意的走在他們後面，忽然聽到車裡傳來熟悉的聲音說：「您不是韓員外嗎？我是柳氏啊！」

柳氏？柳氏！韓翊大喜，他終於找到柳氏了！

萬萬想不到，柳氏隨即叫婢女偷偷告訴韓翊，解釋自己被沙吒利搶走的經過，並相約第二天一早在道政里門前相見。

韓翊這會兒的心情，在轉瞬間又從大喜轉爲大悲——好

不容易才找到心愛的女人，可是她現在卻成了別人的女人！

怎麼會這樣呢？韓翊帶著萬般的思念和不平，第二天一早就來到道政里等候。過了一會兒，柳氏也乘車前來赴約。然而，她什麼也沒有多說，只從車中遞給韓翊一個用白絹包好的玉盒，裡面盛的是香膏，幽幽的對韓翊說：「我們今日一別，就算是永別了，希望您今後好好保重自己，不要再掛念我了。」

說完，就吩咐車夫掉轉車頭回去，還不斷的輕輕揮手，所有的情意與不捨，都盡在不言中了。

韓翊呆呆的望著車子愈來愈遠，淚水很快的就模糊了他的視線……

彷彿過了好久好久，韓翊也不知道自己是怎麼回到住處的。他頹喪萬分，感覺到人生似乎失去了指望。

偏偏在這個最需要清靜、好獨自傷心的時候，淄州、

青州各部將領在酒樓聚會慶功，不斷派人來請韓翃一起去喝上一杯，韓翃再三推辭，後來見實在推辭不掉，只得勉強去了。

但即使勉強坐在那兒，韓翃也是神情淒慘，難以控制的失神傷感，與四周喧鬧的景物顯得十分的不協調。

在座有一個名叫許俊的人，見韓翃這麼一副心事重重的樣子，就好心的問他：「您到底有什麼煩惱，不妨說出來，也許我可以幫上一點忙！」

拗不過許俊一再詢問，韓翃只得把自己的傷心事說了出來。

許俊聽了，對韓翃非常同情，再加上他本來就是一個行事比較衝動，又非常以自己的勇猛爲自豪的人，因此，很替韓翃打抱不平，便決定要替韓翃把柳氏給奪回來。

「請您趕快寫個便條給柳夫人，我需要您的便條作爲憑證，好順利把她接來。」許俊說。

韓翊有些半信半疑，「這樣就可以把她接來？」

「我自有主張，您趕緊寫便條就是。」

許俊匆匆起身，出去換上胡人的軍裝，佩帶上弓囊箭袋，帶好韓翊的便條，跳上馬就直往沙吒利的家中奔去。

他先在靠近門口的地方等著，嚴密監視，等看到沙吒利出門，估計他至少已走出一里多地以後，才騎著馬不管三七二十一的直接往沙吒利家中衝進去，一邊衝，一邊還故做驚惶的大叫：「不好了！不好了！將軍突然得了急病！叫夫人快去！」

僕人和士兵一聽，都紛紛驚慌的往後退，根本沒有人敢認眞瞧上一眼，更別說敢上前盤問了。

許俊就這樣一直衝到後屋，拿出便條恭恭敬敬的交給柳氏說：「夫人，將軍突然得了急病，請夫人快去！」

柳氏打開一看，發現居然是韓翊寫給她的，當然非常驚訝，但仍然表現得非常鎮定，也沒有多問什麼，馬上站

起身來就要跟許俊走。

許俊扶柳氏上了馬，立刻快馬加鞭，沒一會兒工夫就回到了酒樓，韓翃正在焦急的引頸而盼呢！

終於又重逢了！韓翃和柳氏都覺得恍若隔世，激動得只能淚眼相對，久久說不出話來。

在座的人，也都驚嘆不已，根本沒有人還有心繼續吃飯喝酒了。

不過，稍後，也有人關心的提醒韓翃和許俊，沙吒利現在特別受到皇帝的信任，這麼一來會不會惹禍上身啊？

韓翃和許俊便主動去見侯希逸，請侯希逸幫忙拿個主意。

侯希逸嚇了一跳，但還是爲他們趕緊上書皇上，一方面說明韓翃和柳氏夫妻倆感情甚篤，卻無端被沙吒利拆散，一方面也說許俊幫忙奪回柳氏，雖然是基於義憤，但因事先沒有請示，擅自妄爲，也不應該；侯希逸並且還自

我譴責道：「這都是我對部下缺乏管教的結果。」

幸好，皇上在得知這件事的來龍去脈之後，並沒有對韓翃和許俊太過責怪，只是下旨道：「柳氏應歸還韓翃，另賜沙吒利兩百萬文錢。」

一場風波總算平息。從此，韓翃和柳氏又可以在一起長相廝守，過著幸福快樂的日子。

京都儒士

在京都，一群讀書人聚會飲酒，話題很廣，天南地北，無所不包，聊著聊著，聊到了「膽氣」。

有人說，芸芸眾生，有的人勇敢，有的人怯懦，之所以會有這樣的差別，完全是因爲每個人的膽氣不同；膽氣如果旺盛，自然就無所畏懼，反之，則畏首畏尾。

「如果是這樣的話，」在座有一個書生說：「我的膽氣一向是很旺盛的，可以稱得上是一個堂堂大丈夫！」

眾人都哄笑道：「這可不是你胡亂吹牛就可以算了的，必須來一次試驗。」

怎麼試驗呢？

有人說：「我知道有一所凶宅，是我親戚的房子，因爲曾經鬧鬼鬧得很凶，早就沒有人敢住在那兒，如果你敢

單獨一個人在那棟凶宅待一個晚上，我們就算佩服你，稱你爲大丈夫，怎麼樣？你敢不敢呀？」

「嘿，這個辦法好！」眾人也都起鬨道：「怎麼樣？敢不敢呀？」

書生沒辦法說「不敢」，只好硬著頭皮說「敢」。

第二天，眾人準備了吃的、喝的和燈燭，一起護送那個自稱膽氣很足的書生來到那棟凶宅。大家把書生騎來的驢拴在另一間屋子，準備讓書生單獨留在一間屋子。眾人陪了書生一陣，臨走前還問書生：「你還需要什麼東西嗎？」

這個時候，書生還很勇敢的說：「我有一把利劍，足夠保護我自己，你們放心吧！」

於是，眾人便倒鎖了凶宅的門，紛紛離去。

這個書生實際上是一個膽小鬼。現在，大家都走了，眼看這間屋子只有他一個人，天色又愈來愈暗，他心底的

涼意遂不可免的愈來愈深……

時間似乎過得很慢。

儘管夜已愈來愈深，書生仍睜大了眼睛，一點也不敢睡。他擔心燭火不夠，就滅了燈，抱著劍戰戰兢兢的坐在那裡，心裡眞是怕得要命。

他豎直了耳朵，留心聽著四周的動靜，但是，前半夜其實還算平靜，什麼怪聲都沒有。

一直到了三更……

月亮漸漸升起來了，月光從窗子的縫隙裡斜照進來。在朦朧的月光下，書生突然看到一個不尋常的景象……

衣架上有一個東西竟然無緣無故的像鳥那樣的鼓動翅膀，還不斷撲騰著彷彿馬上就要飛起來。

書生如臨大敵，認爲是有什麼鬼怪來了，想要立刻站起來，卻力不從心，因爲手腳發軟，一時之間，根本想站也站不起來。掙扎了一會兒，書生總算支撐著站起來了，

而且鼓足了勇氣，舉起劍，就朝那還在撲騰的鬼怪用力砍了過去！

鬼怪被這一砍，飛到牆上，還發出碰撞的聲音，隨即就掉到地上不動了。四周也重新恢復了沉寂。

書生大汗淋漓，恐懼到了極點，可就是沒有勇氣過去查看，只是發著抖仍舊抱著劍呆坐。

時間還是過得很慢……

又熬了好一會兒，好不容易熬到五更，書生安慰自己，再多熬一會兒，馬上就天亮了，天亮就沒事了，朋友們很快就會來找他了……

誰知就在書生的神經稍微放鬆了那麼一點點的時候，忽然有一個怪東西，毫無預警的踏上台階來推門，門推不開，竟從狗洞把頭伸進來，還大口大口的直喘氣。

「完了！又來一個鬼怪！」書生大爲驚駭，立刻衝過去想打開房門，無奈房門早已被朋友們反鎖，根本就打不開。

怪物喘氣的聲音不但沒有停止，反而好像比剛才更近、更大，似乎馬上就要衝進來了！

爲了求生，書生在萬般驚恐中，只得不顧視線昏暗，再度舉起劍，鼓起最大的勇氣，用盡最大的力量，朝著怪物的方向砍過去！

不料中途不知道被什麼東西絆倒，摔了一跤，重重的跌在地上，手中的劍也滾到了一邊。

書生怕得不得了，怕得一點主意也沒有了；既害怕怪物隨時會衝進來，又不敢去找劍，只得就勢鑽到床底下，閉著眼，埋著頭，直打哆嗦。

彷彿過了好久好久，怪聲才漸漸消失。而書生經過一夜數驚，現在儘管一切平靜，也不敢再爬出來，打定主意乾脆就這樣一直躲在床底下，躲到天亮算了。

他就這樣一動也不動的趴在床底下，趴著趴著，竟然就睡著了。

天亮之後，朋友們都來了，還沒打開房門，就看見狗洞中鮮血四濺，大家都嚇了一大跳，趕緊打開房門，推門一看——

「咦，人呢？」

大夥兒看室內空無一人，地上又有些零亂，彷彿有搏鬥的痕跡，書生的劍掉在地上，書生卻不知道跑到哪裡去了，都覺得既擔心又疑惑，便共同尋找，最後終於循著書生的鼾聲，把正在床底下熟睡的書生給拖了出來。

「你怎麼會睡在床底下？」朋友們問。

書生於是把自己昨夜拚死與鬼怪、怪物搏鬥的事，詳細描述了一番；當然，中間少不得有些加油添醋。

朋友們聽了，面面相覷，都覺得十分可疑。

因爲，昨天他們在鎖好房門離去之前，帶大家來這棟凶宅的那個朋友，早就已經悄悄告訴大家，其實這裡根本不是什麼凶宅，只不過是一棟空屋罷了；既然不是凶宅，

怎麼會有什麼鬼怪或是怪物？

大家按照書生的描述，先沿著牆邊尋找，找到一頂帽子，仔細一看，就是昨天書生來的時候所戴的帽子，已被對半破開，掉在地上。接著，大家沿著血跡，又發現昨天書生騎來的驢，嘴巴被砍了一刀，不但嘴唇破裂，牙齒也缺落了好幾顆，到現在還在流著血。

大家研判，那頂帽子就是三更時出現的鬼怪；因爲本來就很破舊，被風一吹，在昏暗的視線下看起來就像是什麼東西在撲騰翅膀似的。而那頭被拴在另一個房間的倒楣的驢子，則是五更時出現的怪物；因爲掙脫了繩索，把頭伸進狗洞，所以平白無故挨了一劍。

眞相大白之後，大夥兒笑得前俯後仰，上氣不接下氣。儘管如此，那個吹牛不打草稿的書生，仍然因爲飽受驚嚇，肝膽俱裂，被朋友們扶回家之後，足足休養了十幾天才慢慢康復。

謝小娥

李公佐是隴西人，曾考中過進士，但是一生的官運非常不順。

唐憲宗元和八年春天，他被罷掉江南西道從事官，乘船東下，在建業稍做停留，登上了瓦官寺閣。寺裡有一個叫作齊物的和尚，和李公佐向來交情不錯，十分熱情的接待了他。

在閒談中，齊物對李公佐說：「最近有一個小寡婦，常常來寺裡，拿十二個字的謎語要人家幫她猜，我們都猜不出，可是這個謎語對她好像很重要，不如你幫她猜猜看吧。」

「可以啊，」李公佐一口答應，「你把那謎語寫在紙上，我看看。」

等齊物寫好，李公佐接過來一看：

車中猴，門東草；

禾中走，一日夫。

「嗯，確實不太好猜……」李公佐靠著欄杆，一邊專注的凝視著謎語，一邊又不時用手指在空中書寫。

思索了一會兒，李公佐微笑著對齊物說：「我大概已經猜出來了，可是我想先見見那個小寡婦，和她談談再說。」

齊物馬上派人去把小寡婦帶來。

她看起來年紀很輕，眉宇之間卻有著與她年齡並不相稱的憂傷和怨恨。

「妳叫什麼名字？」李公佐問。

「謝小娥。」

「聽說妳急於要解開這十二字的謎語？」

「是的，我日夜都在絞盡腦汁的想，只恨自己才疏學

淺，慧根不夠，怎麼也想不出來，我也請教了很多很有智慧的人，但至今仍然沒有人能夠給我一個確切的答案……」說到這裡，小娥突然眼睛一亮，「也許先生您可以指點我？」

李公佐說：「我是有了些想法，不過，我想請妳先告訴我，這十二個字的謎語是怎麼來的？有什麼特殊的緣由嗎？」

「好的，」小娥神情凝重的說：「我這就告訴您……」

謝小娥，江西南昌人，是一個商販的女兒。八歲的時候，母親就去世了，剩下她和父親兩人相依爲命。在父親的安排下，小娥很早就結了婚，嫁給一位名叫段居貞的豪俠爲妻。段居貞對小娥很好，使小娥過了一段相當幸福的日子。

小倆口婚後，小娥的父親就經常和女婿一起同船做生

意，往來於江湖之間。每次他們出門做生意，小娥也常常同行，一家人過得相當平靜且快樂。

不料，有一天，突然遭遇橫禍，他們的船竟然遭到盜賊洗劫，不僅所有財物都被盜賊搜刮乾淨，船上的幾十個人還同遭盜賊毒手，不是死於盜賊的刀下，就是被盜賊無情的扔進了江裡，其中還包括了小娥的父親和丈夫！

這個時候，小娥才剛剛滿十四歲啊！

她在這場大難中，胸口也受了傷，腿也折斷了，在江中漂流了很久，才被其他好心的船隻搭救上來，昏迷了一夜，才總算慢慢甦醒。

船隻靠岸以後，小娥流離輾轉，靠著乞討要飯，一路來到了上元縣，寄食在妙果寺裡。寺裡的尼姑淨悟很同情小娥悲慘的遭遇，也願意收留她，給她一個安定的生活。但是，小娥只在妙果寺裡住了一段時間，還是離開了。

爲什麼呢？因爲在她瘦小的身軀裡，有一樁很大的心

願……

當初，父親剛死的時候，小娥曾經夢見父親告訴她：「殺我的，是『車中猴，門東草。』」又過了幾天，小娥又夢見丈夫也告訴她：「殺我的，是『禾中走，一日夫』。」可是，什麼是「車中猴，門東草」？什麼又是「禾中走，一日夫」呢？

小娥自己百思不得其解，只得常常寫了這十二字謎語，多方請求聰明的人來幫她解謎。然而，這樣過了好幾年，還是沒人能爲小娥解得出來。

小娥來到齊物和尚所在的這所寺廟也有幾天的工夫，原本已經打算要離開再到別的地方去找人解謎，沒想到今天卻突然被找來，說有人也許可以解答她的難題……

「如果是這樣，我就更加確定我所猜出來的謎底了，」李公佐對小娥說：「照這十二個字的謎語看來，殺妳父親

的人叫作申蘭，殺妳丈夫的人叫作申春。」

齊物和尚等人立刻好奇的問：「先生是怎麼猜出來的呢？」

李公佐解釋道：「『車』字上下各去掉一橫，是一個『申』字，申在十二屬相中屬猴，所以說是『車中猴』；草頭下面有門，門內有個東字，就是『蘭』字。另外，『禾中走』，從田中穿過，這也是一個『申』字，再看『一日夫』，是說夫字上面多一橫，下面還有一個『日』字，這不就是『春』嗎？所以，這十二個字的謎語，謎底是『申蘭』和『申春』，是非常清楚的了。」

眾人紛紛大表佩服。小娥則放聲痛哭，對李公佐拜了又拜，並且把「申蘭」和「申春」的名字寫在衣服裡面，發誓一定要找到這兩個賊人，殺了他們，爲父親和丈夫報仇！

臨去之前，小娥特別詢問了李公佐的姓名和官職，表

示將終生不忘他的大恩，然後才流著淚走了。

五年之後——元和十三年四月，李公佐返回長安，路經泗水邊，到了善義寺拜見了大德尼令，看到有幾十個新受戒的尼姑，剃光了頭，披著簇新的披肩，容貌莊重，態度大方，排列在師父兩邊。

突然，有一個尼姑走到李公佐面前，鄭重向他拜謝，眼裡泛著淚光說：「先生，都是您的恩德，才使我能夠爲全家人報仇雪恨啊！」

尼姑又說：「先生已經不認得我了嗎？不久前我還只是一個討飯的窮寡婦，幸賴您爲我指點迷津，告訴了我兩個仇人的名字啊……」

她把五年前李公佐幫忙解那十二字謎語的事，簡單說了一下，李公佐馬上就想起來了，驚奇的說：「噢，眞想不到，原來是妳啊——妳後來怎麼樣了？」

自從好不容易終於弄清楚仇人的名字以後，小娥就開始女扮男裝，在江湖間當雇工，四處尋訪仇人的下落。

這樣過了一年多，她循線來到江西九江，看到一家竹門上有張告示，寫著要雇傭做工的人。小娥就上門應徵，一問東家姓名，原來竟是申蘭！

小娥內心大喜，表面上自然不動聲色。

申蘭對小娥很滿意，便把她帶回家，吩咐些事情讓她做。小娥盡心盡力的做，不僅手腳非常俐落，又非常細心周到，申蘭非常高興，自以爲找到了一個得力的助手，而小娥雖然內心對申蘭極爲痛恨，表面上卻總是非常恭順，因爲她知道報仇的時機還不成熟。

就在小娥漸漸得到申蘭信任的時候，她也在無意中得到了另一個仇人申春的消息。原來申蘭和申春是同族兄弟！

小娥小心翼翼的在申蘭家工作，時間一晃就過了兩年多，沒有一個人發現她是一個女子。

申蘭愈來愈看重小娥，終於把家中的錢財，包括收入和支出，都開始交給小娥來保管。有一次，在整理財物時，小娥竟赫然發現了原本屬於他們謝家的貴重的東西！

小娥睹物思情，暗中哭泣了很久。

現在，報仇的時機已經相當成熟，她非常確定申蘭和申春就是她不共戴天的仇人，可是——她還得再耐心等候一段時間，因爲，此刻申蘭和申春正一起出外「辦事」去了！

他們一去就是好幾個月。這段期間，小娥仍然兢兢業業的克盡職責，爲申蘭處理一切的事務。

終於，申蘭和申春回來了，而且還是帶著大批的財物回來。小娥的心裡非常清楚，這些財物一定來路不正，不知道又有多少人的性命、多少家庭的幸福被申蘭和申春這兩個賊人給毀了！……多年前發生的慘劇，小娥至今仍然

記憶猶新；事實上，這麼多年以來，她沒有一刻忘記，甚至可以說，這麼多年以來，就是憑藉著一股一定要報仇雪恨的強烈的信念，才能支撐著她彷彿一切如常的生活著……

當天夜裡，小娥趁著這夥盜賊大開慶功宴，而且一個個喝得酩酊大醉的時候，拔出佩刀，毅然決然的先把申蘭給殺了，再大聲呼喊鄰居一起幫忙抓住申春，再勇敢的去向官府自首，並且把申蘭和申春那幾十個同夥的盜賊姓名，統統向官府報告。後來，那些同夥也都紛紛被官府抓起來殺了。

潯陽太守張公讚賞小娥的義舉和節操，特別爲她上書皇帝，陳述小娥的事蹟，小娥這才免於一死。

這是唐憲宗元和十二年夏天的事，小娥終於報了父親和丈夫的大仇。

回到家鄉以後，鄉裡有不少豪門都爭著想要聘娶小娥，小娥卻發誓要遁入空門，這輩子再也不嫁人了。

於是，她剪掉頭髮，穿上粗布衣服，到牛頭山求道，拜一位年高有道又精通戒律的姓蔣的尼姑爲師。

小娥要出家的心意非常堅定，修行非常刻苦，常常在風霜雨雪中照樣劈柴舂米，彷彿一點也不知道什麼是疲倦和辛苦。

元和十三年四月——就在她又巧遇「解謎恩人李公佐」之前不久，她才在泗州開元寺接受「具足戒」，並且仍然以「小娥」原名爲法號，表示自己不忘本。

在說完了自己復仇的經過之後，小娥又對李公佐再三拜謝，然後就飄然遠去。幾天之後，她回到牛頭山，再乘船渡過淮水，漫遊南方各地，從此，李公佐就再也沒有見過她了，但偶然想起她時，仍不免要感嘆一聲：「眞是一個奇女子啊！」

柳毅傳

柳毅原本只是一個普通的讀書人，後來卻因爲一種特殊的機緣而成了神仙。

這都得從一件奇遇開始說起。

在唐高宗儀鳳年間，柳毅到京城應試，落榜後準備返回故鄉湖南。途中他想起有一個同鄉住在涇陽，就臨時起意要去辭行。走到離涇陽六、七里的地方，忽然有一群鳥飛起來，馬兒受驚，就飛快的向路旁狂奔，柳毅控制不住，只得拚命抓住韁繩，不讓自己從馬背上掉下來。

馬兒一直跑了六、七里才停下來。柳毅驚魂甫定，正想繼續前進，卻聽到一陣女子低泣。他看看四周，尋找哭聲的來源，這才發現路邊不遠處有一個年輕的女子正在放羊。

「怎麼會有女子在這種荒郊野外放羊？」柳毅覺得很奇怪。仔細一看，女子長得很漂亮，可是愁眉苦臉，穿戴也很破舊，看來十分落魄。

柳毅是一個很有俠義之心的人，猜想女子一定是碰到了什麼困難，就好心的上前詢問道：「妳是不是有什麼委屈？怎麼會讓自己困頓到這個地步？」

女子悲傷的先向柳毅道謝，再哭著說：「我是一個不幸的人，確實有很大的委屈，而且也很需要您的幫助，承蒙您的關懷，主動來問我，我就老實的告訴您……」

她這一說，還眞把柳毅嚇了一跳！

女子說，她是洞庭湖龍君的小女兒，父母把她嫁給涇川龍君的次子。她的丈夫性好到處遊蕩，對她也並不珍惜，態度一天比一天惡劣，她沒有辦法，只得向公婆告狀，希望公婆幫忙約束一下丈夫，然而公婆一心溺愛兒子，非但對兒子不加管束，反而還責怪她身爲妻子不該干

涉丈夫的生活，後來竟和丈夫一起聯手虐待她……

龍女說得淚流滿面，泣不成聲。

柳毅十分同情，就誠心誠意的問道：「那我可以怎麼幫妳呢？」

龍女說：「我知道您現在正要回湖南，您的家又離洞庭湖很近，我想請您幫忙帶一封家書給我的家人好嗎？」

「這當然沒問題，只是——我只是一個凡人，洞庭湖那麼深，我要怎麼樣才能爲妳送信？」

「我可以告訴您，洞庭湖與京城並沒有什麼不同啊。在洞庭湖的南邊，有一棵大橘樹，當地人叫它『社橘』，您就解下身上這條衣帶，用衣帶在樹上敲三下，就會有人出來接應。」

「好的，我都記住了。」柳毅接過龍女的家書，小心的放進袋子裡。

離去之前，柳毅忍不住好奇的問道：「妳放羊有什麼

用呢？神靈難道還宰羊嗎？」

「這不是羊，是『雨工』。」

「『雨工』？」柳毅從來沒有聽過這個詞兒，「什麼叫作『雨工』？」

「就是雷神、電神那一類的神。」

經龍女這麼一解釋，柳毅再仔細看看那些羊，見牠們一個個昂首闊步，就連飲水吃草的樣子也很特別，果然是不同於一般的羊。

柳毅又忽然對龍女說：「我幫妳送信，將來妳回到洞庭去，可不要躲著不肯見我呀。」

龍女說：「那怎麼會呢？我還要像親戚一樣看待你呢！」

說完，柳毅就向她辭別，向東走去，走不到幾十步，再回頭看龍女和那些羊，他們卻都早已不見了。

一個多月以後，柳毅回到了家鄉。他立刻去洞庭尋

訪。洞庭湖的南邊果然有棵「社橘」，柳毅馬上換下衣帶，改用別的東西來束腰，然後用衣帶在樹上敲了三下。

果然不久就有一個武士從水波中鑽出來，然後用手排水，開出一條路，並且對柳毅說：「你只要閉上眼睛，一會兒就到了。」

到了龍宮，見到了龍王，柳毅把信送上去，詳細說明了緣由。

洞庭君看完信，用袖子摀著臉哭起來說：「這都是我做父親的罪過啊！我把女兒嫁錯了人，對於她婚後的生活又不夠關心，以致於讓她受苦，我卻一直都還不知道！」

悲嘆數聲，洞庭君叫人把信送進宮裡。不一會兒，宮裡的人都痛哭起來，這樣，洞庭君又慌忙交代身邊的侍從：「快進去告訴宮裡，不要哭那麼大聲，免得讓錢塘君知道了。」

柳毅便問：「錢塘君是誰？」

洞庭君說：「是我的親弟弟，以前做過錢塘龍王，現在被免職了。」

柳毅又問：「爲什麼您會害怕讓他知道呢？」

洞庭君說：「因爲他行事向來過分莽撞，以前在堯的時代，鬧過九年大水災，就是他一次發怒的緣故，最近他和天宮的神將鬧意氣，又發大水淹沒了五座山，幸好玉帝看在我過去有點微薄功勞的分上，勉強寬恕了我兄弟的罪過，只是把他暫時拘禁在這裡……」

正說著，忽然一聲巨響，就像天崩地裂一般，整個宮殿都被震得劇烈搖晃。柳毅嚇得跌倒在地上。緊接著，只見一條千餘尺長的赤色巨龍冒了出來，巨龍有閃電般的眼睛，鮮紅色的舌頭，朱砂般的鱗甲，火焰般的長毛，身體還盤繞著無數的霹靂和閃電，聲勢十分嚇人。巨龍的脖子上原本拴著一條金鎖鏈，鏈子又拴在玉柱上，但是現在牠卻在怒吼中，掙斷了鎖鏈，徑自畫破青天飛去了。

「唉，又來不及阻止了……」洞庭君嘆了一口氣，隨即把柳毅扶起來，安慰道：「不要緊，他一會兒就會回來了。」

柳毅發著抖問：「回來的時候——也是這樣嗎？」

洞庭君寬慰道：「回來的時候一定不會了。您與小女素昧平生，卻願意在她最困難的時候，及時伸出援手，您的大恩大德，我們是不會忘記的，請您在這兒多留片刻，讓我們盡一點兒心意吧。」

於是就轉身叫人設宴款待柳毅，柳毅也只得接受了洞庭君的好意。

酒過數巡，有一個身披紫袍，手裡拿著青玉的人走了出來。

洞庭君對柳毅說：「這就是錢塘君。」

錢塘君與柳毅相互行禮。錢塘君也向柳毅道謝，說如果不是他幫忙，他的侄女恐怕就要死在涇陽了。

說著，錢塘君還向哥哥及柳毅致歉道：「剛才我暴烈的性格發作，一心只想去找那個可惡的小子算帳，沒來得及向哥哥辭別，又驚擾了宮裡，衝撞了貴客，想來就實在是很過意不去啊！」

錢塘君也告訴哥哥，他不但在涇川那兒打了一仗，還跑到九重天去向玉帝報告，玉帝知道龍女的冤屈，知道這一仗也是情有可原，不但寬恕了他這次的過錯，就連以前對他的責罰也赦免了。

洞庭君問：「你這一仗殺害了多少生靈？」

「六十萬。」

「毀壞了莊稼嗎？」

「方圓八百里都被毀了。」

「那個無情無義的小子呢？」

「被我吃了。」

洞庭君一聽，臉馬上就拉了下來，不悅道：「你還是

這麼魯莽！而且——這麼一來，我的女兒豈不是成了寡婦？」

錢塘君不以爲意道：「放心吧，我侄女性情善良，個性賢淑，還怕許配不到好人家？」

在得知龍女此刻已被順利接回，柳毅認爲自己的任務已經完成，就起身告辭，但是洞庭君和錢塘君都一再堅持要他多留幾天，柳毅拗不過他們的盛情，只好又住了幾天。

在這幾天中，洞庭君和錢塘君都陪著柳毅，盡心盡力的招待他，大家相處得也很愉快，誰知有一天，錢塘君與柳毅卻一言不和起來。

原因是，錢塘君氣勢凌人的要把龍女嫁給柳毅，甚至還大有不容柳毅不答應的態勢，柳毅受不了錢塘君那種囂張的氣焰，就很不高興的說：「我本來只是要仗義救人，可是這麼一來不就變成是殺死人家的丈夫，而娶人家的妻子了嗎？」

他堅決不同意這樁婚事，並且還指責錢塘君道：「你倚仗自己強悍，現在仗著酒氣，憑藉氣勢，來逼迫我，這難道符合道理嗎？雖然我小小的身軀還不夠塡你一片鱗甲的空隙，但是我會用不屈服的意志，來壓倒你霸道的氣焰，大王你就看著辦吧！」

洞庭君見他們倆不愉快，趕緊過來打圓場；錢塘君原本是個粗人，被柳毅這麼義正詞嚴的教訓了一通，也覺得非常慚愧，趕緊向柳毅賠禮道歉，兩人很快的就盡棄前嫌。

又過了一天，柳毅眞的要告辭回家了，洞庭君的夫人特地在潛景殿宴請柳毅，宮裡所有的人都出來參加宴會。

夫人流著淚對柳毅說：「我的女兒受到您的大恩，遺憾的是竟然沒有機會報答您，就這樣離別了。」

說著就叫龍女在宴席上向柳毅拜謝。

說來奇怪，一天前當錢塘君氣焰囂張的逼婚時，柳毅非常反感，以致抵死不從，如今見了楚楚動人的龍女，卻又無端懊惱起來，十分悵然。

宴會結束，柳毅辭別時，大家都顯得非常不捨和難過，紛紛送給他很多珍奇罕見的珠寶。

柳毅循著原路走出洞庭，回到岸邊。十幾個人挑著行李跟著，一直送他到家，才告辭回去。

後來，柳毅賣了一些珍寶，還沒賣掉百分之一，就已經得了上百萬的銀兩，就連淮西一帶的富家，都紛紛覺得自己不如柳毅了。

柳毅的日子過得相當優渥。然而，遺憾的是，他一連娶了兩任妻子，但都年紀輕輕就死了。

形單影隻的柳毅，爲了離開傷心地，就搬到金陵去住。幸好，搬到金陵不久，就有人爲他作媒，柳毅終於又可以享受家庭的溫暖了。

第三任妻子，柳毅初次相見就覺得似曾相識，愈看愈覺得很像龍女，但又似乎比記憶中的龍女還要漂亮。柳毅試探性的和妻子說起曾爲龍女送家書的事，妻子聽了，沒什麼特別的反應，只是淡淡的說：「人世間哪有這樣的事？」柳毅也就不敢再多說下去。

婚後夫妻倆感情很好，過了一年多，妻子生了個兒子，柳毅自然十分高興。兒子滿月那天，妻子才又突然對柳毅說：「其實你猜得沒錯，我就是洞庭君的女兒，以前由於機緣未到，所以還沒有辦法成爲你的妻子，後來即使有幸嫁給了你，一時也還無法說明，幸好現在總算什麼都可以跟你明說了。」

從此，夫妻倆共度了四十年的幸福時光，然後就一起回到洞庭湖去做神仙了。

定婚店

在杜陵，有一個頗有才學的年輕人，名叫韋固。

韋固在很小的時候，父母就過世了。當他終於到了適婚年齡，他最想做的一件事，就是趕快娶妻成家，享受一下家庭的溫暖。

然而，他的婚姻之路卻非常不順利，多方求親，總是沒有結果。

轉眼就這樣蹉跎了十年。

到了元和二年，這天，韋固閒來無事，突然心血來潮想到上清河去玩一趟。途經宋城，他見天色不早，就找了一家客店，準備在這兒休息一個晚上。

晚上，他和其他幾個也是路過此地的客人隨意閒聊，無意中流露出自己急於成家的想法，沒想到有一個人，對

於他一直討不到老婆的遭遇非常同情，就熱心的說：「說來也巧，前清河司馬潘昉有一個女兒，又美麗又賢慧，聽說最近正要找婆家，我和他們家挺熟，不如我來替你跑一趟，爲你作個媒吧！」

「眞的？」韋固不敢相信天底下居然會有這麼好的人，「那眞是太好了！」

那人豪爽的笑道：「大家萍水相逢，在這個小店一起喝酒聊天，也算是有緣，我很樂意能幫幫你的忙，不過，事成之後，可得要好好的感謝我喔！」

「一定，一定！」韋固十分感激，馬上主動替那個好心人代付了酒錢。

那人和韋固約好第二天天亮在這家小店西邊龍興寺門口碰面，又說了一聲「我這就去！」之後，就拍拍屁股走了。

稍後，韋固回房，打算早早上床睡覺，養精蓄銳，好

第二天一早就去迎接好消息；可是他爬上床，卻興奮得怎麼也睡不著。他覺得自己眞是交上難得的好運了。

韋固愈想愈興奮，輾轉反側，幾乎徹夜未眠。

勉強打了一個盹兒之後，天還沒亮，他就跳起來穿衣洗漱，然後，怎麼也坐不住了，索性提早前往龍興寺。

街上一片靜寂，一個人也沒有，龍興寺的大門也還閉得緊緊的，倒是有一個老先生，倚著一個又大又舊的布囊，坐在寺前的台階上，藉著月光在看一本書。

「咦，居然有人起得比我還要早？」韋固心想。

一時好奇，他便故意繞到老先生的身後，想看看老先生在看什麼書。

這一看，韋固更納悶了，因爲書上盡是他看不懂的文字。

韋固以爲是自己眼花了，揉揉眼定睛再看，還是不懂。

他忍不住開口問道：「老先生，請問您在看的是什麼書？這上面的文字，我怎麼一點也看不懂！」

「噢，你當然看不懂囉，」老先生笑咪咪的解釋道：「因爲這是一本天書啊，而且跟很多很多人，可以說跟大部分的人都有關係。」

「是嗎？」韋固更加好奇，「這本書上都講些什麼呢？」

「婚姻。」

韋固還是不大明白，「是講有關婚姻的什麼事呢？」

「就是講天下男女的婚配啊，誰會娶誰，誰會嫁誰，在這本書上都有登記。」

「眞的？」韋固大喜過望，「那可不可以請您幫我查查看，我的妻子是誰？昨天有人說要幫我向潘司馬的女兒提親，您看會成功嗎？我的妻子是不是就是她呢？」

「好，沒問題，我幫你查。」

老先生把那本怪書翻了半天，才闔起來對韋固說：

「不是她，你的妻子今年才三歲，你再等十四年，等到她十七歲的時候，你們自然會結成夫妻。」

「什麼？還要等十四年？那麼久！」韋固大爲失望，不滿的嚷嚷道：「爲什麼還要等那麼久？」

老先生露出高深莫測的笑容，「因爲這都是命中注定的。」

「能夠改一下嗎？」

「不能，」老先生指指自己的布囊，「哪，你看，這個布囊裡裝著的都是些紅繩子，而這些紅繩子都是用來繫住天下男女的腳，只要在一對男女的腳上繫上紅繩子，哪怕他們相隔千山萬水，或者是就世人的眼光看來，兩人的條件有多麼的不相當，可是到了時機成熟的那一天，他們還是會結爲夫妻。」

韋固低頭看看自己的腳，咕噥道：「什麼紅繩子？我什麼也沒看到啊！」

「那不是人間的東西，用你們凡人的眼睛當然是看不到啦。」

這個時候，天色已經漸漸的亮了起來。老先生收起書，背起布囊，似乎準備要離開了。韋固看昨天與自己相約的那個好心人遲遲沒有出現，心想若不是提親碰壁，就是那人一開始就不安好心，存心要捉弄自己。沮喪之餘，韋固追上老先生，可憐兮兮的說：「老先生，您知道我的妻子現在在哪裡嗎？我想看看她。」

「如果你眞的要看，就跟我來吧！」

老先生的腳程飛快，韋固不得不加快了腳步，緊緊跟著。

一會兒便來到了菜市場。

菜市場裡熙熙攘攘，人語喧譁。韋固突然有些緊張起來，心想在這市集裡的都是些市井小民，難道他堂堂一個好歹也是士大夫家的子弟，竟會跟這種社會低階層的人聯

姻？

正這麼想著，一個瞎了一隻眼的賣菜的老太婆，抱著一個年幼的小女孩迎面走來。

老先生回頭對韋固說：「你看，那個三歲的小女孩，就是你未來的妻子。」

說完，一轉身，老先生就突然不見了。

韋固瞪著那個瞎眼的老太婆，和她懷中那個看起來極其平凡的小女孩，簡直要氣炸了。

這就是他的妻子？怎麼可能？怎麼可能！

他氣得什麼也說不出來，掉頭就走。但是，回到客店之後，愈想愈氣，突然有了一個歹毒的念頭。

「哼，那個該死的老頭說什麼一切都是命中注定，憑什麼是命中注定？明明這是一個荒謬的安排，憑什麼就不能更改？……如果——那個小女孩死了，不是就非得更改不可了嗎？」

氣瘋了的韋固爲了想改變命運，竟叫來一個家僕，暗暗叮囑道：「明天一早，你到菜市場去，把那個小女孩給我殺了，我會賞給你很多很多的錢財。」

家僕一方面是不敢違背主人的命令，一方面也是利欲薰心，第二天，果然帶了一把尖刀跑到菜市場去，趁眾人都不注意的時候，悄悄拔出刀來……結果，由於過分慌張，匆匆忙忙刺了一刀就落荒而逃。

「刺中了嗎？」韋固問。

家僕想了半天，老實回答道：「刺是刺到了，但好像沒刺中要害，只刺中了眉心。」

「也罷，也罷！唉，我實在不該叫你去傷人性命的。」韋固愁眉苦臉，非常懊惱。

他不敢久留，趕緊帶著家僕們匆匆的離開了。

時間一久，韋固漸漸也就淡忘了這件事。

他仍然積極找人到中意的人家去提親，但也不知道是

怎麼回事，始終沒有結果。

時間過得很快，彷彿才一眨眼，十四年就過去了，韋固仍然是孤家寡人一個。他靠著父親的餘蔭，出任相州參軍，刺史王泰讓他專門負責審問囚犯。韋固表現得很不錯，刺史相當欣賞他，不久，更主動提出要把女兒嫁給他。

刺史的女兒年約十六、七歲，不僅年輕，還很貌美，性格也很賢淑，韋固眞是高興極啦，深深慶幸自己終於娶到了一個非常理想的妻子。

奇怪的是，妻子的眉間總是貼著一片裝飾用的東西，就算是沐浴或者是只有夫妻兩個人獨處的時候，也不肯卸下來。

這樣過了一年多。有一天，韋固突然想起塵封已久的往事，想起在宋城龍興寺附近的菜市場，他曾一時衝動竟叫家僕殺傷了一個小女孩……

「難道……」韋固不敢再繼續往下想，便追問妻子：「妳的眉心到底怎麼了？爲什麼老是貼著東西？」

以前韋固也問過這個問題，妻子總是笑而不答，韋固也就算了，但是今天他決心要問個清楚，便著急的繼續問道：「妳快說呀，妳的眉心到底怎麼了？」

妻子沉下臉，低下頭去，忽然渾身直打哆嗦。

「啊，太可怕了！我眞不願再去回想了呀！」妻子竟然哭起來了。

在韋固的安慰下，過了好久，妻子才斷斷續續說出一段韋固從來不知道的事。

妻子說，其實她並不是刺史王泰眞正的女兒，而是他的侄女兒，她的父親原是宋城的郡守，在任上時過世，不久，母親和哥哥又相繼辭世，只留下她一個人，當時她還只是一個年幼的小娃兒。父母什麼也沒有留給她，只在宋城南邊留下一間小屋，從此她便和瞎了一隻眼睛的奶媽相

依爲命，全靠奶媽在附近的菜市場賣菜來養活她們兩個人。奶媽非常疼愛她，不管到哪裡都帶著她，以便隨時都能照顧她。

三歲那年，發生了一件非常可怕的事——當奶媽抱著她到菜市場準備賣菜時，有一個歹徒拿著刀衝過來，對著她就是一刀，由於太過突然，所有的人，包括奶媽，根本搶救不及。不幸中的大幸是，歹徒那一刀並沒有傷到要害，但從此以後，她的眉心就留下了一個明顯的疤痕，奶媽爲此一直深深的自責。大約七、八年前，叔父王泰到盧龍上任，她也跟隨左右，後來叔父便以女兒的名義把她嫁給了韋固。

「說眞的，」妻子心有餘悸的說：「我到現在怎麼也想不明白，我們向來與人無怨無仇，何況當時我還那麼小，僅僅只有三歲啊！爲什麼有人會想要我的性命？」

韋固大吃一驚，久久說不出話來。

十四年前在宋城龍興寺前與老先生對話的那一幕又清晰的回到韋固的腦海……

「你的妻子今年才三歲，你再等十四年，等到她十七歲的時候，你們自然會結成夫妻……」

韋固記得那個神祕的老先生是這麼說的。

天啊！老先生所說的話竟然全部應驗了！

韋固把實情統統說了出來，懇求妻子原諒。妻子也感到非常驚愕和震撼，但是在情緒平復了以後，還是原諒了丈夫。

從此，夫妻兩人更加恩愛。

宋城的太守聽說了這件事以後，覺得韋固夫妻的故事非常傳奇，便把韋固當年在宋城所住的那家客店改名爲「定婚店」。

霍小玉

大曆年間，隴西有一個書生，名叫李益，是鄉里間有名的才子。

李益在二十歲的時候，考中了進士，到了第二年，參加拔萃科考試，等著由吏部來主持複試。爲此他在六月盛夏來到了長安，住宿在新昌里。

「才子」似乎總希望能夠有「佳人」來匹配。李益來到長安不久，認識了一個叫作鮑十一娘的媒婆之後，便陸續送了很多豐厚的禮物給鮑十一娘，拜託鮑十一娘幫他介紹理想的佳人。

鮑十一娘有感於李益的慷慨，便把這件事牢牢的放在心上，積極的四方替他物色。不過，因爲李益出身不凡，無論相貌和才學又都相當出眾，鮑十一娘深知他對「佳人」

的標準一定也很高，不敢隨便爲李益牽線，一時之間竟也沒有什麼合適的人選。

幾個月之後，李益正閒坐在房舍的南亭。這天下午，鮑十一娘歡天喜地的跑來找他，一見面就高高興興的嚷嚷道：「哎呀，您叮囑我去辦的事，今天我總算給您辦成了！」

李益一聽，馬上就會意過來，頓時喜上眉梢，喜孜孜的問：「不知道是什麼人家的姑娘？」

鮑十一娘說：「她是從前霍王的小女兒，叫作小玉，她的母親當年是霍王非常寵愛的婢女。霍王在世的時候，對她們母女倆都挺好的，對小玉尤其喜愛，可是霍王去世以後，她的兄弟卻容不下她們母女，認爲她們的出身低賤，就分給她們一點點資產，把她們趕出家門，叫她們住在外面，還改姓鄭氏，所以很多人都不清楚原來小玉竟是霍王的女兒。」

「這位小玉姑娘——長得怎麼樣？」

鮑十一娘笑了笑，「美麗極了！我敢說連我都還沒看過這麼漂亮的姑娘！」

「那——才學如何？」

「琴棋書畫，樣樣精通。說來也巧，前些時候，小玉的母親託我爲小玉找一個如意郎君，特別強調要相貌和人品都能和小玉相稱的，我當然馬上就想到您啦，結果我才剛一開口，她們母女倆都聽過您的大名，都覺得非常滿意呢。」

李益自己也感到很滿意，迫不及待的問：「不知道小玉姑娘的家在哪裡？我明天就去拜訪她！」

「別急，別急，我已經替您約好啦，」鮑十一娘笑著說：「小玉和她母親住在勝業坊古寺巷裡，剛進巷口有個車門的房子就是。我已經和她們母女倆約好，說您明天午時去拜訪，您只要直接到古寺巷巷口，到時候會有一個婢

女在那兒等您的。」

鮑十一娘走了以後，李益馬上就開始爲了第二天的約會大做準備。他首先派了一個家僕，跑到堂兄京兆參軍尚公那裡，借了一匹漂亮的青黑色小馬和亮澄澄的黃金馬籠頭，希望能增加自己的華貴和氣派。接著，他又換洗衣服和沐浴，仔細修飾了容貌和儀表，希望自己第二天能夠給小玉一個非常完美的印象。

這天晚上，李益興奮得幾乎一夜都沒有闔眼。第二天一大早，天色才剛微微亮，他就已經馬上一骨碌的跳起來，開始穿衣、洗漱、戴頭巾；一條頭巾戴來戴去，還不斷拿著鏡子照來照去，生怕戴得不夠好、不夠美觀，緊張興奮之情，眞是溢於言表。

好不容易終於熬到了接近正午時分，李益趕緊命人備好馬，然後就跳上馬，朝著勝業坊急馳而去。

一到古寺巷巷口，果然有一個婢女，已經等候在那

兒，一看到李益，立刻就迎上來問道：「是李公子吧？」

李益隨即下馬。婢女把馬牽進屋後，急急的鎖上門。

這時，鮑十一娘已經從裡面迎了出來，還打趣的消遣李益道：「喲，哪家的公子啊，怎麼冒冒失失的就跑到這裡來啦？」

李益只得尷尬的笑笑，隨後就被引進中門，庭院間有四株櫻桃樹，西北角掛著一個鸚鵡籠，鸚鵡看見李益一走進來，居然張口說道：「有人進來了，趕快放下簾子！」

李益一聽，吃了一驚，感覺更爲尷尬，手足無措的站在那兒，不敢再向前走。

幸好鮑十一娘和一位風姿綽約的中年婦人及時過來迎接他，把他帶進廳堂。

經過鮑十一娘的介紹，李益得知婦人就是霍小玉的母親。她和李益寒暄了幾句，說了幾句客氣話之後，就命人擺上酒宴，並且去請小玉出來。

李益坐在那兒，緊張得心兒怦怦直跳。

不久，小玉從廳堂東面的閨房裡出來了。李益連忙站起來拜迎。

霍小玉確實是美極了！李益深深覺得，她一出來，整個房間似乎都亮起來了。

小玉坐在母親身邊，低著頭，紅著臉，一副羞答答的模樣。李益癡癡的望著她，眼神像被釘住了似的。

霍小玉的母親見女兒這麼害羞，笑咪咪的鼓勵女兒：「咦，說話呀，妳平常最喜歡吟詠的兩句詩——『開簾風動竹，疑是故人來』，就是這位李十郎寫的呀！妳總是讚美他的文采，今天有機會見到本人，可高興了？」

霍小玉仍舊低著頭微笑著，稍後才輕聲說道：「見面不如聞名，既是才子，怎麼能沒有好看的相貌？」

李益聽了，毫不介意，反而乘機站起來作揖道：「小娘子愛才，鄙人則愛美貌，我倆如果能在一起，不就是

『才』、『貌』都有了嗎？」

在座的人聽到李益這麼說，都笑了出來。氣氛一下子也輕鬆不少。

大家愉快的對飲閒聊，酒過三巡，李益興致很高，想請霍小玉唱歌。小玉起初不肯，但是母親再三勉強她唱，她才總算答應了。她的歌聲十分清亮，猶如空谷幽蘭，李益聽罷，對小玉更爲傾心。

酒宴結束，當天晚上，李益就留下來與霍小玉一起過夜了。

當天夜裡，夜深人靜，就在李益還正欣賞著小玉的美麗，陶醉不已的時候，小玉忽然流下淚來。

「咦，怎麼了？」李益有些著慌，「我們剛才不是還好好的嗎？怎麼突然就哭起來了呢？」

小玉傷感的說：「我出身低微，自知配不上您，今天只不過是仗著有幾分姿色，才偶然得到您的愛憐，想到將

來我一旦年老色衰，您對我的熱情一定也將慢慢消退，到時候我就像是秋天的扇子一樣，只有被您拋棄的分兒……一想到這裡，就不禁悲從中來啊！」

說完，粉嫩的臉頰又滾下一長串淚珠。

李益卻笑了出來，「喲，我還以爲是什麼大事呢，原來是爲了這個！妳眞傻，這有什麼好哭的，放心啦，我不是那種薄情寡義的人，我永遠也不會變心的……」

說著說著，又把小玉摟過來，甜言蜜語，海誓山盟了一番。

爲了讓小玉安心，李益還又主動要來白絹和筆墨，鄭重其事的在白絹上寫上盟約。小玉看了以後，這才破涕爲笑，重展歡顏，並高高興興的把那條寫著動人誓言的白絹珍藏起來。

兩人就這樣恩恩愛愛的過了兩年。

這年春天，李益考取書判，被授予鄭縣主簿的官職，

一到四月，就要去上任，李益計畫此番前往上任，還可以順便到東都洛陽去探親報喜。

在長安的親朋好友知道了這個消息，都很爲李益高興，並紛紛爲他設宴餞別。

只有霍小玉，神情黯然，沉默不語，一點兒也沒有興奮的樣子。

經李益一再追問，小玉才幽幽說道：「我只是感覺到，我的好日子是已經過完了……」

「胡說，哪有這種事。」

「……是眞的……以您的才學和名聲，仰慕您的人一定很多，願意嫁給您的人一定更多，何況您堂上還有雙親，您又還沒有娶親，我有一個預感，您這次回去，家裡一定會爲您安排一段好姻緣，以前您對我說過的那些海誓山盟，到頭來終將還是一場空話……」

「哎，小玉，妳別胡思亂想了……」

「……我有一個小小的願望，忍不住還是想和您說一說，不知道您願不願意聽？這也可以說是我的一項請求……
……」

「小玉，妳別這樣，有什麼話就直說吧！我們之間，還談什麼請求不請求的呢！」

霍小玉的神情非常淒然。「我在想……我今年十八，您也不過才二十二，如果您到了三十歲再娶，我們就還有八年的時間，對於我來說，這就已經足夠了！所以，我希望我們能夠再廝守八年，讓我一輩子該有的快樂和幸福，就在這段期間統統享受完畢，到時候，您再去挑選名門望族，結成秦晉之好，也不算太晚，而我也可以心滿意足，沒有遺憾的出家爲尼，了此殘生！」

李益聽了，又慚愧又感動，動情的流下眼淚，一時之間也不知道到底該說些什麼才好。

小玉又幽幽的嘆了一口氣，「……不知道我這樣的願

望……算不算太貪心、太過分了呢？」

「妳別想這麼多了，」李益還是只能這麼說：「我會信守我的諾言，不會三心二意的，妳千萬不要瞎猜疑，只管安心在家等我回來，到了八月份，我一定會回到華州，隨後就立刻派人來接妳，我們分離的日子不會太久的。」

既然李益堅持這麼說，霍小玉還能說什麼呢？

又過了幾天，李益就告別東去，留下小玉，愁眉深鎖，心事重重。

◎　◎　◎

上任後十天，李益請假到東都洛陽去省親。才剛到家，就得知母親已經爲他和表妹盧氏議親，連婚約都已經定好了。

一開始，李益的內心還有些掙扎，但是母親一向嚴厲固執，他不敢有所違背，再說盧家確實也是名門望族，如果能和盧家結爲親家，確實也是一樁好事，所以……李益

也就同意了。

不過，想要把表妹娶回家，也沒有那麼容易，因爲盧家要求的聘禮竟高達百萬！

李益向來家貧，爲了湊齊這筆有如天文數字般的聘禮，只好四處借貸。

爲了辦成這件婚事，他跑遍了江、淮一帶，一直奔波到了夏天，轉眼就到了和小玉約定好要去接她的時候了。李益知道自己已經辜負了霍小玉，從前說過的誓言都不可能再實現了，乾脆狠下心來做到徹底的音訊全無，甚至還遠託親戚朋友，不要透露有關自己的任何消息給霍小玉，想要叫霍小玉死了心，對自己不再抱任何期望。

「等過些時候，她就會好的。」李益這麼想著；每次一這麼想，他內心的罪惡感就會減輕好幾分。

可是，霍小玉其實是一個非常死心眼的人。

自從李益逾期未歸，她心知不祥，但仍積極到處打

聽，所得到的卻都是些敷衍之詞；求神問卜，也問不出個什麼名堂。

這樣過了一年多，霍小玉早已抑鬱成疾。但是，儘管病倒，她對李益的思念並未稍減，想要尋找李益的念頭也並未放棄。爲了打聽李益的消息，她在李益的親友間廣爲交際，爲此所付出的花費自然也不小。

漸漸的，錢不大夠用了，霍小玉就常常叫婢女浣紗偷偷拿些首飾去變賣。

這樣又熬了一段時間，終於，小玉也沒有什麼值錢的東西可賣了。這天，她咬咬牙，叫浣紗把那支自己心愛的紫玉釵也拿去賣。

「可是，」浣紗猶豫道：「這不是老爺當年……」

小玉趕緊打斷她，「別說這麼多，叫妳去賣妳就趕快去吧！」

然而，等浣紗一走，霍小玉就忍不住倒在床上，狠狠

的痛哭一場。

沒想到過不了多久，浣紗居然笑咪咪的回來了，而且是帶著紫玉釵回來。

小玉愣住了，困惑的問：「怎麼？人家居然不要嗎？」

「不是的，」浣紗說：「是我們今天遇到貴人啦！」

說著，竟從懷裡拿出十二萬文錢！

霍小玉看著這麼多的錢，更加大惑不解。

這到底是怎麼回事？

原來，浣紗在前去變賣紫玉釵的時候，巧遇一位皇家老玉工，老玉工一看到那支紫玉釵，馬上就上前辨認道：

「這是霍王當年爲他小女兒所訂做的玉釵呀！」

浣紗大爲意外，忙問：「您怎麼知道？」

「因爲這支玉釵正是我做的，當年霍王十分滿意，還酬謝了我一萬文錢呢……」老玉工也滿腹狐疑的問浣紗：

「妳是什麼人？這支玉釵怎麼會在妳手上？」

浣紗便說：「我家的小娘子，正是霍王的女兒……」

她把霍小玉的遭遇一五一十的說了出來，還特別說明霍小玉其實一直非常珍愛這支紫玉釵，如今要變賣實在是不得已，是爲了籌錢好請人幫忙打聽李公子的消息。

那個老玉工聽了，唏噓不已，十分感慨道：「啊，眞想不到，好歹原本也是富貴人家的子女，怎麼一旦遭遇不幸，竟然就淪落到這種地步！」

老玉工還說，他的年紀已經很大了，還聽到這麼傷感的故事，心裡眞是特別難過。

老玉工有心想要幫一幫霍王的女兒，就特別把浣紗帶到延光公主的府上，把霍小玉的故事告訴公主。公主對霍小玉也很同情，於是就送了那十二萬文錢。

霍小玉接過那些錢，心中眞是百感交集……

是啊，自己原本確實也是富貴人家的子女，怎麼如今竟淪落到這種地步？……

小玉思前想後，想到了很多很多的事情，眞有一種欲哭無淚的感覺……

◎ ◎ ◎

李益有一個表弟，名叫崔允明，爲人挺忠厚，以前就常和李益一起到霍小玉這兒來玩，小玉也經常送他些東西，李益「失蹤」以後，他是極少數沒有幫著李益來瞞小玉的人，只要一有李益的消息，就會來告訴小玉。

這年臘月，崔允明告訴了小玉一個她最怕聽到的消息——李益此刻正在京城！而且，是專程請假前來成親的！

「什麼？」霍小玉聽到這些消息，眞覺得晴天霹靂，手腳發軟，幾乎要站不住了。

崔允明又說：「原來表哥已經另聘了長安的盧家小姐，今年夏天曾經來長安送聘，後來又回到鄭縣，據說最近爲了成親才又來到京城，並且已經祕密在城裡找了一個幽靜的住所，不讓別人知道，我也是這兩天才偶然知道的……」

「原來今年夏天他曾經來過京城？只是……來送聘？」小玉呆呆的想，心中陣陣刺痛；因爲，今年夏天原本是李益和她約好的歸期啊！

「姑娘您就想開些，犯不著爲了表哥那種薄情郎傷了身體……」崔允明一個勁兒的安慰著。

但是，霍小玉已經一句也聽不進去了。

她像個木頭人似的，呆了半晌，才掙扎著從嘴裡恨恨的吐出這麼一句話：「世上竟有這樣的事嗎？世上竟有這樣的事嗎？……」

從那天以後，小玉日夜哭泣，茶飯不思。但她還是一心想要見李益一面，因爲她想要當面聽聽李益的解釋。

但是，小玉的心願顯然很難達成。小玉心中的怨氣愈來愈深，也愈來愈悲憤，終於病倒在床上，而且病勢很快

的就一天比一天嚴重。

小玉成天躺在床上，精神恍惚，滿腦子所想的只有一件事——李益爲什麼會這麼絕情？

有一天晚上，小玉作了一個夢，夢見一個穿黃衫的男子抱著李益來到家裡，來到小玉的病床前，然後要小玉脫鞋。小玉醒來之後，發怔了好久。

「妳怎麼了？」一直在身邊照顧她的母親關心的問。

小玉把方才所作的夢告訴了母親。

母親安慰道：「那只不過是夢，不代表什麼，別想太多了。」

「不，」小玉虛弱的說：「我感覺這個夢是有意思的……彷彿是一種預兆……」

她想了半天，終於想出一番「合理的解釋」。

「『鞋』者，『諧』也，是『諧』的同音，這表示我們夫妻還會再見面；但是，『脫』者，『解』也，是『分離』

的象徵；從這個夢看來，既然見面了又要分離，恐怕就是要永別了。我想，我和李十郎一定很快就會見面，但是見面之後，我恐怕就要死了。」

母親當然不相信小玉的解夢，拚命的安慰她，要她多休息，不要胡思亂想。但是，小玉自己卻相信得很，她呆呆的靠在床上，眼神空洞的看著前方，嘴裡反覆的喃喃道：「一定是這樣……一定是這樣……」

第二天一早，小玉一睜開眼睛，就請母親爲她梳粧打扮，說李十郎馬上就要來了。母親以爲她病久了，神智有些不清，起初不肯，但拗不過小玉的堅持，只好勉強聽她的話，爲她打扮。

沒想到，才剛打扮完畢，婢女浣紗就衝進來大叫：

「李公子來了！李公子來了！」

說也奇怪，霍小玉病了這麼久，原本早已非常虛弱，最近更是連翻個身都得靠人幫忙，現在一聽說李益來了，

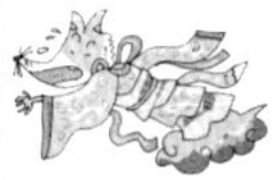

竟突然一下子站起身，飛快的換好衣服，然後就走出去和李益見面。

終於見面了！小玉的內心激動不已，激動的渾身都忍不住顫抖。她原本有很多很多的話想跟李益說，只是如今一見面反倒什麼也說不出來，只有含著滿腔的怨氣怒視著李益。

李益呢，則幾乎不敢面對小玉，而且，李益的內心也受到很大的震撼——或者應該說是震驚，因爲，分別兩年多，小玉的變化實在是太大了！

李益簡直不敢相信，眼前這個形容枯槁，氣若游絲，整個身子搖搖晃晃的女子，就是當年那個豔驚四座的霍小玉？

其實，李益這天並不是自願來的，而是被「騙」來的。

好一陣子以來，李益和霍小玉的事暗地裡在長安城中

流傳，許多知道這件事的人都紛紛爲小玉打抱不平，認爲李益實在是太過無情。這天，李益和三五好友一起到崇敬寺去欣賞牡丹花，巧遇一位著淡黃色麻布衫的人，這人十分熱情的邀李益等人到他家去坐坐，說他家就在附近，李益不好推辭，沒想到卻被硬帶到了小玉的家。

大家都尷尬的沉默著，誰都不知道該說些什麼才好。

突然，又有人從外面送來幾十盤酒菜，原來都是那位穿黃衫的熱心人士送的。

大家只好勉強就座。霍小玉側過身，斜著眼看了李益好久，然後緩緩舉起一杯酒，澆在地上，滿懷悲憤的說：「我身爲女子，薄命至此！君爲大丈夫，卻負心至此！可憐我還年輕，又還有慈母在堂，如今卻將飲恨而死，李郎啊李郎，這一切都是你造成的啊！我死了以後，一定要化爲厲鬼，讓你的妻妾都不得安寧！」

說罷，她把酒杯擲在地上，高聲痛哭了好幾聲以後，

就倒了下去，氣絕身亡！

小玉死後，李益雖然也爲她穿上了白色的喪服，而且日夜哭泣，似乎頗有悔意，但這也消除不了小玉死前的怨恨以及她所發下的毒誓。

小玉死後一個多月，李益就和表妹盧氏成親了。

雖然如願以償的攀上了豪門望族，但是李益過得並不幸福，總是被一些神祕不可解的事情所困擾，嚴重影響了夫妻之間的感情。這種情況甚至一直到離開了長安，回到鄭縣以後，都不曾改善。

後來，李益休掉了盧氏，又娶了三次妻，但仍然始終得不到安寧。

無雙

在唐德宗建中年間，有一個書生，名叫王仙客。王仙客很小的時候，父親就不幸過世了。父親死後，母親就帶著他一起回娘家。王仙客有一個舅舅，名叫劉震，是當時朝廷大臣。劉震對守寡的姊姊十分同情，對外甥王仙客也頗爲喜愛，自姊姊帶著年幼的外甥回到家來同住，他對他們母子倆的生活就非常照顧。

劉震有一個女兒，名叫無雙，比表哥王仙客小幾歲，打從小表哥一回來住，就和小表哥十分投緣，兩個孩子幾乎整天黏在一塊兒，形影不離。大人看他們倆兩小無猜，感情那麼好，也常常開他們倆的玩笑，無雙的母親更曾經多次公開稱呼王仙客爲「王家小姑爺」，就好像已經認定了將來一定會把無雙嫁給王仙客似的。

這樣一晃就過了好幾年。

這一年，王仙客的母親得了病，在病勢沉重的時候，把弟弟劉震喚到病榻前，吃力的囑託道：「我只有仙客這麼一個兒子，不能看到他成家立業，實在是好遺憾啊！仙客和無雙從小感情就很好，無雙端莊美麗，聰明賢慧，我也很喜歡她，希望你能夠成全他們小倆口，不要把無雙嫁到別人家，這樣我在九泉之下也就可以闔眼了。」

劉震聽了，不置可否，只是輕描淡寫的說：「姊姊現在應該專心養病才是，就不要操那麼多的心了吧！」

不久，王仙客的母親死了，王仙客十分悲痛，獨自護送著母親的靈柩，回到故鄉襄陽去安葬。

在服喪期間，他一方面悼念慈母，一方面又思念著表妹無雙，不斷追憶過去兩人青梅竹馬、無憂無慮的歡樂時光，日子十分難熬。

等到三年服喪期滿，仙客立刻整理行裝，回到京城。

一路上，他反覆溫習著母親病重時和舅舅的那番談話，暗忖舅舅一向也待他不錯，應該不會反對他表妹無雙的婚事才是……而現在無雙應該也已長大成人，自己的身世又如此孤單，不如早日成親，讓家中人丁興旺，也可告慰亡父和慈母的在天之靈。

當然，仙客的心中還是免不了有些擔心——舅舅會不會因爲做了大官，地位顯要，而推翻從前的婚約呢？

仙客就這樣懷抱著無限希望，又有些忐忑不安的回到了京城。

這個時候，劉震做了尚書租庸使，門庭顯赫，每天都有一大堆的人想來拜見他，以致於劉府大門口天天車馬擁塞。

仙客見到舅舅以後，就被安排住在學館裡，和劉震其他弟子一起讀書和作息，受到和其他弟子一樣的待遇。

這樣過了一段時間。憑良心說，仙客覺得舅舅對自己

還是和過去一樣的照顧，一樣的親切，可就是絕口不提他和表妹無雙的婚事，令仙客只得暗自著急。

偏偏有一天，他從窗縫裡無意中看見了無雙，發現她長得嫵媚豔麗，簡直就像仙女下凡一樣，仙客被迷得整個魂兒都沒啦！從那天開始，更是下定決心非無雙不娶，然而另一方面又非常擔心，每天都在提心吊膽，生怕舅舅會把無雙嫁給別人。

爲了極力促成這件夢寐以求的婚事，仙客咬咬牙，賣掉了所有的行裝，得到了幾百萬文錢，仙客就利用這筆錢，打點劉府上上下下的人，拚命的對大家——尤其是希望能夠討舅媽的歡心，巴望大家能夠在舅舅面前爲他說說好話，或者幫他打聽一些消息。

這天，有一個婢女匆匆忙忙跑來向仙客透露一個消息：「夫人剛才把公子希望和小姐成親的事和老爺說了——」

「老爺怎麼說？」仙客屏著氣問。

「老爺說，『我從來就沒有答應過這件婚事啊！』」

「什麼？老爺居然這麼說？」

仙客的心裡眞是失望極了。

那個婢女還加了一句：「看那個樣子，這件事恐怕會有什麼變化。」

說完之後，就跑掉了。

這天晚上，仙客失神落魄，徹夜失眠，想到和無雙有情人不能終成眷屬，就難受痛苦得不得了。

快要天亮的時候，仙客下定決心，事情還不到最後關頭，他不能絕望，還是要繼續努力，等待轉機！

這樣又過了一陣子。

有一天，劉震和平常一樣，一大清早就上早朝去了，可是一反常態的是，這天太陽才剛出來，他就突然快馬跑回家來，面色驚惶，汗流浹背，直喘大氣，什麼也說不出來，只一迭聲交代著：「鎖上大門！鎖上大門！」

全家都非常驚恐，不知道到底出了什麼事。

過了好久，劉震終於緩過氣來了，這才告訴大家，原來是涇原的軍隊造反了！節度使姚令言領著大軍打進了含元殿，皇帝和文武百官都已逃出禁苑北門，他自己則因爲掛念妻子兒女，所以還是暫且回來安排一下。

說著，劉震還急急忙忙的對家人說：「仙客呢？仙客在哪裡？趕快叫他過來幫我一起安排家裡的事，我決定要把無雙嫁給他！」

仙客知道之後，心中當然十分驚喜，甚至可以說是欣喜若狂，只是當場實在不好表現得太明顯。

劉震迅速交代仙客，叫他立刻換好衣服，負責押送一些值錢的細軟先從開遠門出去，找一家比較偏僻、比較隱密也比較安全的客棧安頓下來。

劉震對仙客說：「我和你舅媽，還有無雙，從啓夏門出去，繞過城，隨後就到……快去吧！」

仙客對舅舅再三拜謝，並且立刻按照舅舅的吩咐去辦。

他順利出了城，並且找了一家合適的客棧住下，眼巴巴的等候著舅舅一家前來會合。

然而，他等了一整天，一直等到太陽都下山了，還不見舅舅一家的蹤影。

仙客的心裡急得不得了，再也坐不下去，乾脆騎著一匹青白色的馬，拿著蠟燭，繞著城跑到啓夏門去打聽。這一打聽——不得了，原來啓夏門從中午以後就已經鎖了！此刻還有好多人嚴密防守著城門，每個人的手裡都拿著武器。

仙客強作鎮定，假裝是外地人，下了馬，若無其事的打探道：「城裡出了什麼事啦？怎麼這麼亂烘烘的！」

守門人接過他的話：「你還不知道嗎？朱太尉已經做了皇帝啦！」

「哦？」仙客又說：「那麼，那些文武百官不是一個個都急著逃命了？」

「那當然！不過，也有跑得慢的，就被我們逮個正著啦！」

「會有這種事？比方說像誰呢？」

「就是租庸使劉尚書啊！」

仙客一聽，眞覺得有如五雷轟頂！

守門人還在得意的說：「他還帶著四、五個女人想一起混出去呢，結果一眼就被我們給認出來了，後來，追騎趕到，就把他們全部趕到北邊去了……」

在返回城外小客棧的路上，仙客忍不住失聲慟哭，不知道自己接下來該何去何從。

這天半夜，城門突然大開，火炬把黑夜照耀得如同白晝，士兵們都拿著鋒利的武器，出城搜查有沒有什麼大官祕密逃了出去。

在危急萬分的時刻，仙客只得丟下那些值錢的細軟和車馬，倉皇而逃，輾轉回到了故鄉襄陽。

◎　◎　◎

仙客在襄陽一待又是三年，時刻都在惦記著舅舅一家，特別是無雙的安危。

三年之後，亂事終於平安。仙客得知已經天下太平，京師重整之後，又立刻匆匆進京，準備打聽舅舅一家的消息。

這天，仙客來到新昌里南街，正在駐馬徘徊的時候，忽然有個人在他馬前下拜，細細一看，仙客馬上就認出來了。

「塞鴻！是你？」仙客非常意外，也非常驚喜。

塞鴻原是他們王家的僕役，當年隨著仙客和他母親一起來到舅舅家，因爲頗爲能幹，所以就被留用。

經過三年前那場大難，如今與塞鴻重逢，仙客的心裡相當激動。他親切的抓住塞鴻的手，忍不住掉下了眼淚。過了許久，仙客才勉強拭乾眼淚問道：「舅父、舅母這一向可好？」

「呃——還好——」

「他們現在住在哪裡？」

「在——在興化里——」

「興化里？眞的？那眞是太好了！我現在就去看看他們！」

塞鴻連忙拉住他，「不急不急，現在天色已經不早了，等明天再去吧，明天我陪您去。」

塞鴻又說，他已贖身爲平民，租了一幢小房子，靠著販賣一些絲綢織物維生；他力邀仙客這位從前的主人到自己家裡去休息一個晚上，第二天再去拜訪劉大人。

仙客感到盛情難卻，不便拒絕，只得先隨塞鴻回去。

塞鴻十分熱情的準備了極爲豐盛的酒菜，來款待仙客。只是，仙客在席間數度想要詢問舅舅一家後來的情況，塞鴻卻都非常技巧的把話題岔開，過了許久，見實在拗不過仙客的追問，這才長長的嘆口氣道：「唉，公子，實話告訴您吧，劉大人已經死了——」

「什麼？死了？」仙客大驚，「怎麼死的？你先前不是還說他們住在興化里嗎？」

「——那是爲了搪塞您，隨口瞎謅的——，因爲尚書曾經接受了僞朝的官職，所以後來皇上回京後，大爲震怒，就將他和夫人一起處死了。」

仙客立刻著急的問道：「那我表妹呢？」

「無雙小姐被收進宮裡充當宮女去了。」

「什麼？充當宮女？」仙客頓時覺得腦筋一片空白，呆了半晌才大哭出來，哭聲之淒慘悲切，令左右鄰居都爲之動容。

仙客哭著對塞鴻說：「天下雖大，我卻舉目無親，不知道哪裡才是我能夠棲身的地方啊！」

塞鴻也流著淚說：「公子，您也不要太難過了……」

仙客又痛哭一陣，然後詢問塞鴻，還知道哪些人的下落？塞鴻說，他只知道從前無雙小姐的貼身丫鬟採蘋，現在在金吾將軍王遂中的家裡。

仙客自感和無雙恐怕再也沒有機會相見了，出於一種念舊的情懷，他想盡辦法，用高價把採蘋贖了回來。

從此，仙客租了房子，和塞鴻、採蘋同住，大家互相照顧，就像是一家人似的。

塞鴻不忍心看仙客那麼頹喪，就再三鼓勵他：「公子的年齡也一天天大起來，對未來應該有所打算才是，至少應該求個官職，也好讓自己有個事做，精神也有個寄託，否則像您這樣成天悶悶不樂的，要怎麼打發日子呢？」

仙客採納了塞鴻的建議，遂打起精神想積極謀個一官

半職；他的運氣也不錯，不久就獲京兆尹李齊運賞識，被任命爲富平縣尹，負責管理長樂驛。

日子就這樣平淡且平靜的過去。

仙客把長樂驛管理得很不錯，有了工作寄託，日子確實也不像過去那麼難熬，但實際上仙客的內心還是非常苦悶，因爲他始終還是非常思念無雙，總幻想著或許有一天能夠奇蹟般的和無雙重逢……

幾個月之後，某一天，仙客忽然得到消息，說有宮廷使者押領三十名宮女前往皇帝的墓園，準備去灑掃陵墓，當天晚上要住在長樂驛。仙客得到消息，趕緊衝出來，但是宮女們早已都下了車，住進了房內。仙客又連忙把塞鴻找來，悄聲吩咐道：「我聽說有很多宮女原本都是官宦人家的女兒，無雙會不會也在裡頭呢？你找個機會幫我去偷看一下好嗎？」

塞鴻說：「皇宮中的宮女有幾千人啊，今天來的只有三十人，哪裡會這麼巧剛好就選到無雙小姐？公子，您也實在是太癡情了！」

仙客卻仍然懷抱著一線希望，固執的說：「你只管去吧，人世間有很多事都是很難說的。」

於是，仙客就讓塞鴻假裝成驛站的差役，在簾外燒茶，並給了他三千文錢，鄭重叮嚀道：「你要牢牢守住茶具，片刻也不要離開，如果眞的看見無雙，就趕緊來跟我說。」

這天夜裡，仙客又幾乎是一夜未眠，一直在充滿希望的期望著：「這三十個宮女中，會不會眞的有無雙呢？……」

直等到快天亮，塞鴻果眞匆匆忙忙的趕來報告：「公子！我眞的看到無雙小姐了！」

「眞的？」仙客大爲驚喜，「你有和她交談嗎？」

「只匆匆的交談了幾句，無雙小姐就得進去了，不過，無雙小姐一看到我，馬上就問我有沒有公子的消息，想知道公子現在怎麼樣，可見無雙小姐的心裡也一直很牽掛您……」

仙客著急的問：「那我怎麼樣才能見到無雙？」

塞鴻獻策道：「如今正在修渭橋，公子不妨冒充爲辦理橋務的官，當宮女們乘坐的車子經過時，公子就可以靠近車子站著，無雙小姐如果看到您，一定會打開簾子，這樣你們就可以看上一眼了。」

仙客沒有別的辦法可想，只好按照塞鴻說的去做。到第三輛車子經過時，簾子果然打開了，仙客激動的往裡頭一看——果然是無雙！

就那麼匆匆一眼，兩人卻已交換了訴不盡的思念、傷感和哀怨。仙客簡直控制不住自己，幾乎要忘情的衝上去追趕那已愈走愈遠的車隊……

渾渾噩噩的回到長樂驛，仙客悲痛萬分，滿心以爲從此大概再也見不到無雙了。就在這時，塞鴻把一封信交到了仙客的手上——是無雙的親筆信！

「你怎麼會有這封信？」仙客問。

塞鴻回答：「昨天夜裡無雙小姐曾經吩咐過我，今天等她們走了以後，要我從房門的褥子下找出這封信來交給您。」

仙客迫不及待的把信抽出來。這封信長達五頁，無雙詳細述說了別後種種，以及對仙客的思念，文詞悲淒，情意懇切，仙客一路讀來，百感交集，忍不住數度潸然淚下……

無雙在信末還有這麼幾句話，讓仙客又燃起了一線希望。

無雙說：「我曾經多次聽皇帝的使者說，富平縣有一位姓古的押衙，爲人熱心，又很正直，還有一些特殊的本事，你能夠去求他爲我們想想辦法嗎？」

「富平縣……古押衙……」仙客喃喃著：「好，就這麼辦！」

◎ ◎ ◎

自從看了無雙的那封信以後，仙客便申報京兆府，請求解除長樂驛的職務，回富平縣任原職。一回到富平縣，仙客便遍尋古押衙，費了好一番工夫，才終於找到住在農村草房裡的古押衙。

仙客登門拜訪，從此便經常帶著一些貴重的絲綢彩緞和寶玉來探望古押衙，對古押衙十分禮遇。

這樣過了一年。儘管仙客此時任期已滿，閒居在家，但對古押衙仍十分周到，若有古押衙想要的東西，仙客一定盡力滿足。

有一天，古押衙倒主動來找仙客，十分爽直的問道：「我只不過是一個粗人，承蒙先生這麼長一段時間以來，一

直都對我這麼好，可是先生又從來不說對我有什麼要求，這實在是讓我愈來愈感到很過意不去……到底有什麼事是我可以爲先生做的呢？」

「既然如此，我也就實話告訴您了吧。」仙客先哭著拜謝古押衙，然後把實情源源本本的說了出來。

古押衙聽了，不說一句話，只是仰望蒼天，用手拍了幾下腦門，又嘆了幾口氣。

仙客頗爲焦慮，但仍小心翼翼的問道：「先生有辦法嗎？」

古押衙總算開口了，「這件事嘛——可眞有些難辦——老實說，我可沒有什麼把握，但是爲了報答先生的恩情，我就試試看吧，只不過恐怕不是短期之內辦得了的……」

仙客連忙說：「我只祈求能在有生之年再見到無雙，哪裡敢奢望在短期內就能達成心願呢？」

古押衙看了仙客一眼，也深爲他的癡情所感動，隨即

又自言自語道：「也許要找個人去茅山跑一趟，看看有沒有辦法……」

轉眼又過了半年。半年之中，仙客仍盡力在各方面都對古押衙照顧得十分周到，對於拜託古押衙的事則絕口不提，根本不敢催促。

有一天，仙客接到古押衙派人送來的一封信，信上說，派到茅山的人已經回來了，要他趕快去一趟。

仙客立刻快馬趕到古押衙家。古押衙招待他喝茶，輕描淡寫的說：「先生半年前拜託我的那件事，我現在有一個計畫……」

仙客豎直了耳朵聽著。

然而，古押衙又不往下說了，忽然沒頭沒腦的問道：「你家裡可有認識無雙小姐的奴婢嗎？」

「有一個。」仙客馬上想到了採蘋，「她從前是無雙的貼身丫鬟。」

「很好，你馬上派人去把她帶來。」

等到採蘋被帶來以後，古押衙端詳了一會兒，似乎相當滿意，笑咪咪的對仙客說：「現在，就讓採蘋留在這裡三、五天，先生先回去吧。」

仙客十分疑惑，「就這樣？」

「是的，先生只管回去等消息吧。」

既然古押衙對於他所謂的計畫，不肯透露一個字，仙客也不敢再問，只好聽古押衙的話，帶著滿腹疑團先回去了。

過了幾天，仙客無意中聽到有人在說，今天皇帝的墓園好像出了點事，有一個宮女被處死了。

仙客的心裡，突然有一種莫名的不祥之感，趕緊叫塞鴻去打聽被處死的宮女是誰？

沒想到正是無雙！

仙客嚎咷大哭，捶胸頓足道：「我原指望古押衙能救她出來，怎麼會想到反而害死了她呀！天啊！這都是我的錯啊！」

塞鴻也在一旁，難過的陪著直掉眼淚。

這樣的發展委實太出乎仙客的意料；然而，更令他意外的事還在後頭……

當天深夜，仙客家的大門響起急切的敲門聲。開門一看，居然是古押衙和採蘋領著一頂竹轎子進來；古押衙一看到仙客，還不等仙客質問，就趕緊說：「我把無雙小姐帶來了！」

說完便掀開竹轎的簾子。仙客一看——果然是無雙！像是睡著了似的。

「這是怎麼回事？」仙客駭然。

「先別說這麼多，趕快先把她抱進去，小心守護，待會兒我再慢慢告訴你。」

仙客趕緊依言把無雙抱進臥房，還按照古押衙的指

示，少許餵她些湯藥。

古押衙說：「她現在表面上看起來好像死了，其實沒死，心口還有一點暖氣，只要小心靜養，三天後就會活過來。」

接著，古押衙這才把整個援救計畫解釋給仙客聽。

古押衙叫採蘋假扮成太監，設法讓她混進宮中，指認無雙，再故意誣陷無雙是逆黨，讓皇帝賜一粒含有劇毒的藥丸給無雙，叫無雙自殺，途中，採蘋再乘機把藥丸掉包，換成一粒古押衙特地派人去茅山求來的奇異的藥丸，吃下去之後，會立刻假死，三天之後又會活過來。無雙被賜死之後，屍體被運到墓園，古押衙又假託與她有親戚關係，用一百匹細綢贖回了她的屍體。在前來仙客家的路上，凡是經過的驛站，也都送了厚禮，防止消息走漏。

仙客聽了古押衙的解釋，驚奇不已。

他獨自小心守護著無雙。到了天亮的時候，無雙終於

全身都有了暖氣，而且緩緩睜開了眼睛……當她一看到仙客，大哭一聲，立即又昏死了過去！仙客趕緊急救，在無雙的病榻前，寸步不移。

三天之後，無雙果然完全活轉過來。兩人劫後重逢，自然是悲喜交集，激動萬分，對古押衙更是無限感恩。

古押衙淡淡的說：「現在還要辦一件事。」

他要求塞鴻幫忙在屋子的後院挖一個坑，還特別交代要挖得深一點。

等坑挖好了，古押衙突然冷不防一刀砍斷了塞鴻的頭。

仙客大驚，「啊！您這是做什麼？」

古押衙說：「先生不要怕，聽我說。現在門外有轎夫十人，馬五匹，絹兩百匹，到了五更，您帶著無雙和採蘋立刻出發，立刻離開這裡，並且要記住即刻改名換姓以逃避災禍……我殺塞鴻是不得已的，這是爲了防止走漏風

聲，之前去茅山求藥的人，和抬竹轎的人，也都被我殺光了，現在，我爲了先生，也將自殺，不過，我總算報了先生對我的恩情，也算是死得其所啊！」

說完，仙客還來不及阻止，古押衙舉刀一揮，腦袋就已掉進了坑裡！

仙客哭著把古押衙和塞鴻的屍體一起埋進了坑裡。然後，天還沒亮，就趕緊帶著無雙和採蘋出逃。

他們經過四川，出了三峽，在湖北江陵一帶住了好幾年，直到完全聽不到任何追捕的消息，才放心的舉家遷回故鄉襄陽。

之後，仙客和無雙兒女成群，白頭到老，共度了五十年的幸福歲月。

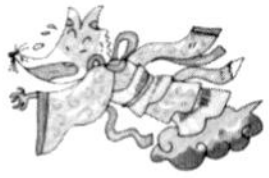

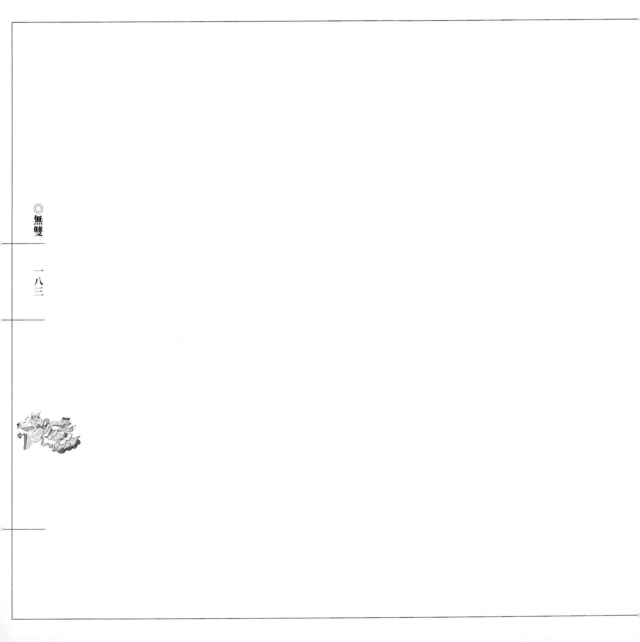

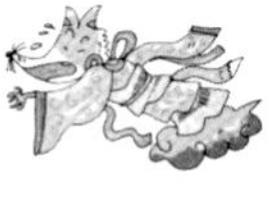

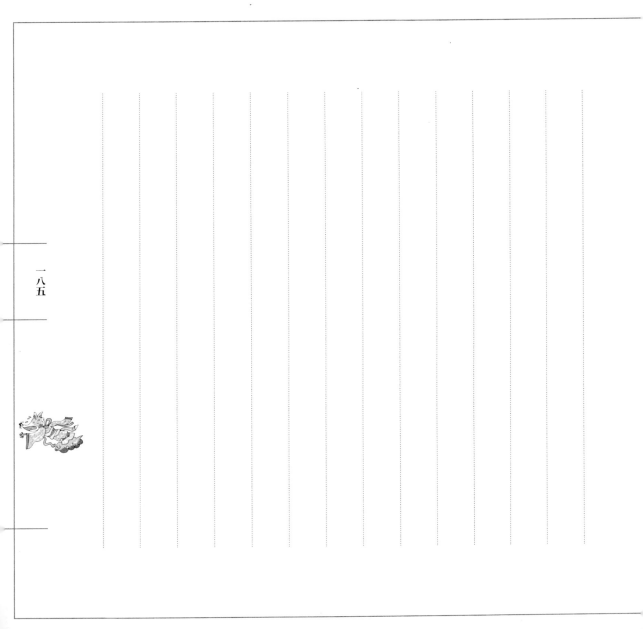

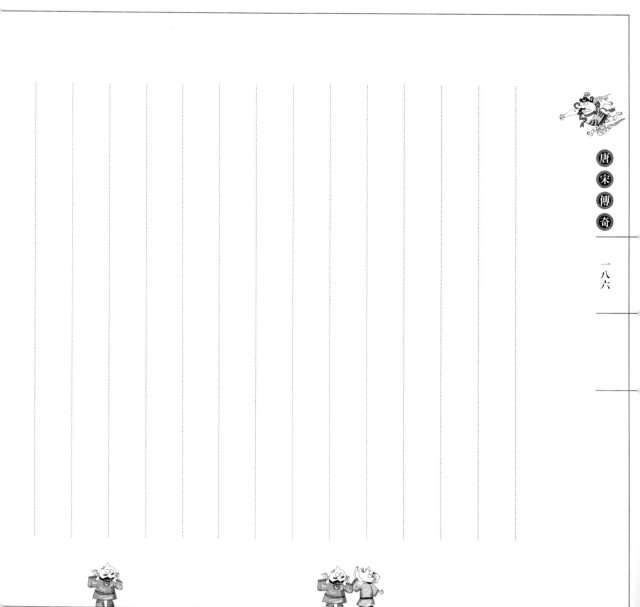

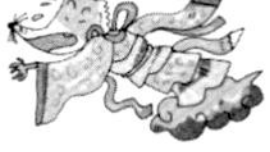

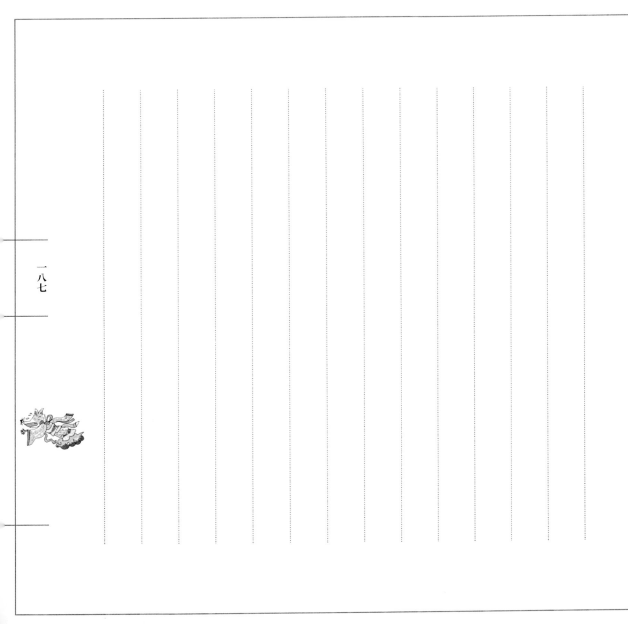

國家圖書館出版品預行編目資料

唐宋傳奇：充滿傳奇色彩的故事／管家琪改寫；
林傳宗繪圖 .一 初版 .—— 台北市：幼獅,
2007【民 96】
面；　公分 .——（典藏文學：16）

ISBN 978-957-574-620-9（平裝）

859.6　　95022136

唐宋傳奇
——充滿傳奇色彩的故事

・典藏文學・

定價＝200 元
港幣＝67 元
初版＝2007.01
四刷＝2015.06

書號 987159
行政院新聞局核准登記證
局版台業字第○一四三號

幼獅樂讀網
http：//www.youth.com.tw
e-mail：customer@youth.com.tw

印刷＝祥新印刷股份有限公司

改　寫＝管家琪
繪　圖＝林傳宗
出 版 者＝幼獅文化事業股份有限公司
發 行 人＝李鍾桂
總 經 理＝王華金
總 編 輯＝劉淑華
副總編輯＝林碧琪
主　編＝林泊瑜
公　司＝ 10045 台北市重慶南路 1 段 66-1 號 3 樓
電　話＝ (02) 2311-2832
傳　真＝ (02) 2311-5368
郵政劃撥＝ 00033368

門市
●松江展示中心：10422 台北市松江路 219 號
電話：(02) 2502-5858 轉 734　傳真：(02) 2503-6601
●苗栗育達店：36143 苗栗縣造橋鄉談文村學府路 168 號（育達商業科技大學內）
電話：(037) 652-191　傳真：(037) 652-251

幼獅文化公司 ／讀者服務卡／

感謝您購買幼獅公司出版的好書！
爲提升服務品質與出版更優質的圖書，敬請撥冗填寫後(免貼郵票)擲寄本公司，或傳眞(傳眞電話02-23115368)，我們將參考您的意見、分享您的觀點，出版更多的好書。並不定期提供您相關書訊、活動、特惠專案等。謝謝！

基本資料

姓名：__________先生／小姐

婚姻狀況：□已婚 □未婚　職業：□學生 □公教 □上班族 □家管 □其他

出生：民國____年____月____日　電話：(公)________(宅)________(手機)________

e-mail：__________　聯絡地址：__________

1.您所購買的書名：__________

2.您通常以何種方式購書?：□1.書店買書 □2.網路購書 □3.傳真訂購 □4.郵局劃撥 □5.幼獅門市 □6.團體訂購 □7.其他

3.您是否曾買過幼獅其他出版品：□是，□1.圖書 □2.幼獅文藝 □3.幼獅少年 □否

4.您從何處得知本書訊息：□1.師長介紹 □2.朋友介紹 □3.幼獅少年雜誌 □4.幼獅文藝雜誌 □5.報章雜誌書評介紹__________報 □6.DM傳單、海報 □7.書店 □8.廣播(　　　) □9.電子報、edm □10.其他__________

5.您喜歡本書的原因：□1.作者 □2.書名 □3.內容 □4.封面設計 □5.其他

6.您不喜歡本書的原因：□1.作者 □2.書名 □3.內容 □4.封面設計 □5.其他

7.您希望得知的出版訊息：□1.青少年讀物 □2.兒童讀物 □3.親子叢書 □4.教師充電系列 □5.其他

8.您覺得本書的價格：□1.偏高 □2.合理 □3.偏低

9.讀完本書後您覺得：□1.很有收穫 □2.有收穫 □3.收穫不多 □4.沒收穫

10.敬請推薦親友，共同加入我們的閱讀計畫，我們將適時寄送相關書訊，以豐富書香與心靈的空間：

(1)姓名________地址__________電話________

(2)姓名________地址__________電話________

(3)姓名________地址__________電話________

11.您對本書或本公司的建議：

廣　告　回　信
台北郵局登記證
台北廣字第942號

請直接投郵　免貼郵票

10045 台北市重慶南路一段66-1號3樓

幼獅文化事業股份有限公司收

請沿虛線對折寄回

客服專線：02-23112836 分機 208　傳真：02-23115368
e-mail：customer@youth.com.tw
幼獅樂讀網http：//www.youth.com.tw